GOBOOKS
& SITAK
GROUP ©

GOBOOKS
& SITAK
GROUP©

三日月書版

三日月書版

下卷
蝙蝠 著
日々 繪
ゆうとや
幽都夜話
輕世代
FW315
三日月書版

Y U T O Y A W A

C O N T E N T S

幽都夜話

Y U T O Y A W A

C H A R A C T E R

「我被人殺死，
也在你的預計之中嗎？」

雲泰清

死而復生的痞氣少年。

Y U T O Y A W A

CHARACTER
泰昊
身世成謎的隔壁鄰居。
「沒有求生欲望不是你的錯，
我不該遷怒於你。」
YUTOYAWA

第一章

Y U T O Y A W A

又即將迎來一年七夕。

與此同時，雲泰清與「死去」的前女友方躍華見了一面。

嗯……雖然她的真名不叫方躍華，她甚至都不是人，也並不愛他，待在他身邊只是為了殺他。

幸運的是，雲泰清發現自己似乎也不是人，如今的他對她沒有任何愛意，與她見面，也不是為了一起度過七夕。

在她和周建成的婚禮上，她被周建成那妖怪砍了頭，卻因為定魂大咒的關係，被鎖在了菁鳳的廢墟上，停留了好幾年。

地府人員知道她的存在。但因為她是曾經「殺了」雲泰清的凶手，底層浮游認為應該讓她多受點苦以示懲罰。所以在安排遭到定魂大咒影響而無法進入地府的死亡賓客時，大家默契地對她視而不見。

畢竟不是每個地府的人都知道雲泰清對於泰昊的影響，基本上只有上面那幾位瞭解內情。但在葬禮事件過後，他們有相當長一段時間都在養傷，所以對此事並不知情——不然雲泰清懷疑他們會狠狠地表揚她。

於是直到七夕的前一天，雲泰清才偶然從黑鶩口中得知，方躍華——也就是幻貓阿夢的魂魄，依然被鎖在菁鳳的廢墟上。

「所以……最近政府決定收回那塊地，重新拍賣重建，到時候定魂大咒就會被破壞。少爺您看，是讓她繼續被困在那裡，還是讓他們把她帶回地府、繼續接受懲罰？」

雲泰清坐在沙發上優雅地給自己倒了一杯茶，黑鶩就站在他的旁邊，身體微微下躬，做出比原先更加謙卑的姿態。

聽到黑鶩的話，雲泰清又是吃驚又是好笑。

「你說什麼？她怎麼還在那裡？你們不是早就把婚禮上的魂魄都清理乾淨了嗎？怎麼會剩下她一個？」

黑鶩解釋道：「周建成的魂魄在召喚出碧霞元君後，已經消散……」

「我不是在問你這個。」他打斷黑鶩，「為什麼別的魂魄都被帶走了，她卻還待在那裡？」

黑鶩有點呆愣，「呃，少爺您不是恨她恨得咬牙切齒？所以他們也是為了替您出氣才……」

雲泰清問他：「誰告訴你我恨她？」

黑鷺道：「花傑說的啊。那段時間，您不是每天都要說幾遍『一定要讓那兩個賤人好看』？」

雲泰清：「……」好吧，剛附身張小明活過來的那段時間，他所有的仇恨的確都在周建成和方躍華身上，每天想的事就是要如何讓他們生不如死。

但如今有了更多、更巨大的煩惱，那些曾經的惱怒，早就被他拋到腦後了。

想起那時還待在自己身邊的花傑，雲泰清揉了揉額頭，將悲秋傷春的心情趕出大腦。要思念過去，他有的是時間，可惜現在不是想她的時候。

雲泰清說：「其實她也是受害者，真正殺我的幕後主使另有其人，你們都明白。所以把她帶回地府去吧，按照規矩，該怎麼處理就怎麼處理，不要妄自揣摩我的想法，隨便幫別人增加刑責。」

他現在有點理解阿夢再見到他出現時那種詭異的態度了。心虛卻毫無愧疚，慌張卻塵埃落定，平靜得彷彿早有預料。

真正要殺他的人不是她，她對於他也沒有什麼仇恨。這只是一場不完成就無法離開的任務，而她的家裡還有人正在等她回去。

「殺了雲泰清」就是那個無論如何也做不完的、討人厭的工作。

只是一件很討厭的工作。

他曾經會很介意她的這種態度，覺得自己多年的感情全都浪費了。

但他現在不這麼想了。

伊藤潤二說過：當你有一件很討厭的麻煩時，就幫自己找一個更大的麻煩，這樣你就會發現，原來的麻煩根本不算麻煩了。

這種充斥滿滿惡意的心靈雞湯對他特別有用，尤其是現在。

如果要在論壇上發帖，雲泰清現在最大的煩惱應該是：「問：疑似我另一個老爸的屬下都想殺我，而且相關人員遍布天上地下，我該怎麼辦？」

你看，方躍華的事立刻就什麼都不是了。

聽了他的話之後，黑鷲也沒多說什麼，直接領命而去。

不過幾個小時後，他又打了電話給雲泰清。

「少爺……那個貓妖……想見您一面。」

雲泰清一時有點恍惚，「貓妖？花傑？她還活著？她的魂魄——」

黑鷺忙道：「不是花傑，少爺。是被壓在定魂大咒下面的那位。」

雲泰清心中一陣難以遏止的失望，之後便是百味雜陳。

他剛剛復活的時候，總執著於見方躍華，想親自問她事情的真相。

而他現在唯一想見的貓妖卻只有花傑一個。但他知道，再也不可能了。

總是在無法挽回之後才無法抑止地想起曾經相處的點點滴滴，也許這就是人類的劣根性吧。

「她為什麼想見我？如果只是道歉的話，就不必了。我知道她也是不得已而為之。」

「不是道歉，少爺……她說她有一些很重要的情報，希望您能聽一聽。」

雲泰清心說：我就知道她是不會道歉的。

所以他並不失望。

不過，他反正也沒什麼事，去見見她也好，說不定會有什麼新的線索呢。

雲泰清堅定地拒絕了黑鷺邀請他進入躍洞的建議，並在他一言難盡的目光中搭上了公車，慢悠悠地去了菁鳳（的遺址）。

雲泰清到菁鳳附近的時候已經快要天黑了，周圍正轟隆隆地進行工程，在林立的白熾路燈刺目的光線下，砂石車來來回回奔忙，掀起漫天的塵土。

這些熱鬧的景象，襯得一片安靜的菁鳳廢墟更加淒涼。

黑鶖已經站在菁鳳的門口等待他的到來，看到他時，就打開了那扇滿是灰塵的大門。

方躍華——還是叫阿夢？隨便吧，他已經不在乎了——就站在她被斬首的那個典禮臺上。

她並沒有像雲泰清想像的那樣，抱著自己的腦袋血淋淋地站在那裡。此時的她就像一個普通的新娘，穿著血紅的婚禮長裙，戴著滿身華麗的首飾，微捲的長髮在夜風中飄揚，彷彿在這昏昧幽暗的廢墟裡，苦苦等待著她永遠也回不來的新郎。

雲泰清走上典禮臺，看著她。

她一見他走近，便跪了下來，膝蓋和手肘撲倒在典禮臺厚厚的灰土上，卻沒有揚起一絲塵埃。

她只是一個虛幻的影子。

雲泰清說：「妳不用這樣，妳效忠的不是我，妳甚至對殺我這件事一點也不後悔。有什麼事就快說吧，我不想浪費時間。」

方躍華看了一眼黑鷺，露出了為難的表情。

雲泰清也看了黑鷺一眼，對她說：「妳讓他走也沒用，我身邊隨時都有人監視，每一句話、每一個舉動，都會有人向『他』匯報。」

方躍華無奈地低下頭，保持著跪伏的姿勢，道：「既然你都不在意了，那……」她頓了一下，「幾個月前，我感覺不到碧霞元君的存在了。」

她作為碧霞元君的下屬，雖然不是她身邊的大妖，但和她之間也是有聯繫，就像他和泰昊下屬一樣。

雲泰清說：「是，之前因為你們的努力，她差點就打破了封印。但是因為我的存在，她又被打回十八層地獄了。所以妳想幹嘛？為她報仇嗎？用這種糟糕的狀態？」

她低著頭，斜看下去，可以看到她的腦袋勉強地縫在脖子上。連自己的魂魄都無法修復，她還能幹嘛？

方躍華小聲道：「我不是想為她報仇……你聽我說完嘛……」

她的聲音清麗嬌柔，雲泰清彷彿又回到了多年前……但也只是那麼一瞬間而已，他很快就恢復了理智。

「妳說。」

方躍華說：「既然她已經被重新封印，有些事我就能告訴你了。當初是我對不起你，希望你能在我說出那些事之後，稍微原諒我的過錯。」

雲泰清「嗯」了一聲。

他的反應太過冷淡，方躍華看起來有點失望，她偷偷看了看他的臉色，才繼續說道：「其實，碧霞元君她……非常痛恨你的存在。這麼多年以來，她一直尋找能徹底殺死你的辦法。」

雲泰清摸了摸下巴，「殺死我？你們不是已經殺死我了？」

「不是的。」她說：「是真真正正地『殺死』你，讓你沒辦法再入輪迴，魂飛魄散。」

僅僅是身體的死亡不算，必須讓他的魂魄消失得無影無蹤。她果然恨他，但這件事並未超出他的預料。

雲泰清有點疑惑，「讓我魂飛魄散的方法有很多，她怎麼這麼笨，拿我一點辦法也沒有？」

方躍華又看了黑鶩一眼，黑鶩卻像一根石柱，沒有一點反應。

她只得繼續說道：「不是元君蠢，而是你的靈魂與別人不同，所有手段在你身上都起不了作用。而碧霞元君急需你的靈魂來修補自己，他們最後想到了一個辦法——令你心碎而死。」

原來，這就是他們反覆說的「時間到了」。果然，是碧霞元君的時間到了。

「所以這就是妳把我推下樓的理由？」這個辦法太傻了吧！

她深深地拜了下去，「碧霞元君和周建成……他們逼得太緊，我也是沒有辦法，只能用這個不是辦法的辦法嘗試。可你的魂魄太過特殊，除非你自己想要魂飛魄散，否則根本不可能殺死你。碧霞元君曾經說過，她的拒絕能夠殺死你，但不知道為什麼沒有成功，所以就讓我來嘗試。他們說，碧霞元君殺死了一個你最愛的貓女，當時你的靈魂幾近崩毀，要不是某些原因，當時就能讓你徹底死去，可惜就差一點……

「所以，他們就拆散了我和我的愛人，將我送到了你的身邊，只因為我是一隻幻貓。我並不是真心想要殺你，我只是太過思念我的愛人，不得已才出了手。然而，周建成卻告訴我，我殺錯了，你不該那麼死去，因為你沒有真正意義上地心碎。」

雲泰清冷冷地笑了笑。碧霞元君殺死的「貓女」，就是他身為貓咪時的母親吧。想起這段記憶後他就一直覺得很奇怪，作為女神的碧霞元君，當時在泰昊的追殺下已經是苟延殘喘，竟然還有閒情逸致來折磨他，想用最殘忍的方式給當時柔軟脆弱的他巨大的傷害。

果然，她並不是因為太閒才這麼做的。

她是在嘗試，嘗試著用任何方式來給他最絕望的一擊。

至於方躍華……他是不可能為她心碎的。雲泰清那個時候都快氣瘋了，只想著要凶手好看，怎麼可能會心碎呢！

雲泰清不是銅牆鐵壁，在遭到打擊的時候，他也會崩潰，不只是精神上，連靈魂都會受到重擊。只不過他們搞錯了方法，或者說，他們找錯了人。

花傑死去的時候，他確實心碎到幾乎崩潰，但泰昊在那個時候降臨在他的身上，否則當時崩潰的情緒就會傷到他的靈魂。

畢竟，只要泰昊在他身邊，他就可以抵擋一切傷害。

所以說，他確實會心碎，但方躍華還不夠格。

如果是他的貓媽……

如果是花傑……

如果是泰昊……不，這個無所不能的神仙怎麼可能會出事？他想著，然後把這個念頭拋到了九霄雲外。

然後，他想起了泰昊說過的話——「小心像貓的女人」。

雖然她們完全不同，彼此之間也沒有任何聯繫，但因為他，所以遭到了如今的下場。

「雖然那次刺殺並不成功，但證明了我並不是一個好的殺手，而且你也不可能再愛我了，所以我回到我愛人的身邊。可是……可是後來，他們又發現你又復活了——我不太清楚他們是怎麼發現的，總之他們又把我找了回來，要求我和周建成假裝舉辦一場婚禮。他們說得好聽，只要能把你勾引出來，我就能平安回家，誰知道他們根本沒有放我回家的意思，周建成就是要殺我，以此懲罰我當初破壞了他們的計畫。」

雲泰清點了點頭。這個蠢女人，碧霞元君對於在她體內成長的胎兒都能毫不留情，她這個破壞了她百年計畫的人她怎麼可能會放過？

「妳被脅迫的前因後果我都清楚了，但我一點也不在乎。我只想知道，既然知道殺不了我，周建成為什麼要用定魂大咒抓住我？他們想拿我的魂魄幹什麼？」

她想了想，說道：「近幾年來，你們有沒有發現，許多該進入地府的魂魄都失蹤了？包括人，包括神，包括妖怪。」

黑鶩開口道：「是。」

「在殺死你的這件事失敗之後，她的下屬想出了另外一個辦法。周建成的手下專門用這些魂魄做實驗，對於靈魂的分割、組合和毀滅，進行了極其慘無人道的試驗。」

實驗……

雖然是遠古的神祇，但他們似乎對現代社會適應良好。或者說，活得久了，所以他們對於新事物的接受速度比人類想像得快得多。

雲泰清想起了那個殘破的小女孩的魂魄，和青蛙組合在一起的倀虎魂魄，差點被併合的土地神和狐狸精，以及人造的耳報神和葬禮上遇到的那些陰影。

然後他又想起了那個夢。在夢境巨口的引導下，他所看到的記憶。

原來，這些荒謬殘忍的事都是因他而起？因為他沒有被碧霞元君殺死，所以那個神經病一樣的女神就做盡喪盡天良的事情，只為了殺他？

黑鶩插嘴道：「那妳知道碧霞元君實驗的地點在哪裡嗎？」

她搖了搖頭，「我的身分太低，他們究竟在實驗什麼，我也不是很清楚。但就在逼迫我回來演出這場婚禮時，周建成說過一句話，他說『只要抓住你，就能讓你歸位』。」

他問：「什麼叫歸位？」

她瞥了黑鶩一眼，非常迅速地回答：「我不知道。」

她回答得太快了。

和她在一起多年，雖然沒看出她的虛情假意，但一些小動作和小習慣，他一看就知道是怎麼回事。

他意味深長地看了黑鶩一眼。

黑鶩深深地躬下身，用這個姿勢擋住了他的臉。

「少爺，快沒有公車了，等會您要和我一起用躍洞回去嗎？」

雲泰清盯著他的後腦勺，「你們其實都希望我知道真相，對吧？不然，你先出去，讓我跟她單獨聊聊？」

黑鷲絲毫沒有動搖，「少爺，今天到這裡就可以了，再多的，她也說不出來。」

雲泰清猜他們應該已經拷問過她了。這麼重要的、關於碧霞元君的線索，他們怎麼可能輕易放過？他們這些無情無義的人，怎麼可能在這麼長的時間後，「突然」想起了她的存在？這肯定是要藉著她向他傳遞一些訊息，一些他們被禁止說出口的訊息。

他又看了一眼跪伏在塵土之中，卻沒有留下半點印痕的女鬼。她低著頭，似乎感覺到了他的視線，便抬起頭來，與他對視。

她依然沒有任何心虛，更沒有絲毫愧疚，只是平靜地與他對視。

也對，她是壽命悠長的妖怪，什麼愛情、什麼知己，對雲泰清這個『人類』而言那麼重要的十年，於她，不過一場舞臺劇的時間。

當然，在他那悠長的轉世時光中，她也不過是一粒塵埃。所以他也沒有什麼好生氣的。

雲泰清向她點了點頭，說：「再見。」

她再次低下頭去，虛幻的影子化作點點星光，最後被黑鷲收入掌心。

雲泰清說：「你們不要為難她。」她該還他的，早在那時就已經還清了。

黑鷲道：「並不是我們要為難她。」

又是泰昊，對吧……

要是平時，他還能去泰昊那裡求情。但最近……因為白麗他們的事情，泰昊對他十分不滿，動不動就讓黑城對他強行增加運動量，他現在只要看見泰昊皺眉頭就要跪下了。

反正是個無關緊要的人，泰昊想怎樣就怎樣吧。

第二章

YUTOYAWA

再過一會，就是七夕了。

想當然，泰昊才不會陪他過七夕，他又去忙他自己的事情了。

之前還有花傑陪在身邊，可惜……

雲泰清想著，按下了胸口處翻攪的疼痛，將她深深地埋在了記憶之底。

「小心像貓的女人。」

不必小心了，從此以後，他都不會再接近任何一隻貓。

如果這就是泰昊的目的，雲泰清終於達到了他的期望。

雲泰清站在屋頂平臺上，甩開繁雜的思緒，表情詭異地看著黑鶯認認真真在雙人小桌上擺上玫瑰花。屋頂整理得乾乾淨淨，雖然老舊，不過白桌和白椅，加上一枝嬌豔欲滴的玫瑰花，在配上一瓶昂貴的紅酒和兩個高腳酒杯，頓時烘托出十分美好的氣氛。

「……你在幹嘛？」

黑鶯大概看出他不高興，有點困惑地問：「……少爺您不是說要過七夕？」

「一個人過七夕？」

「但是少爺您說……」

「我是說！」雲泰清要氣死了，「如果是美女的話我確實可以好好過個七夕！但你在這裡是怎麼回事！」

黑鷲恍然大悟，嚴肅道：「少爺說得對，屬下現在就離開，去請白麗大人來。」

雲泰清：「……不，我還是一個人過吧。你快滾，立刻！」混蛋！這傢伙再不走，他就要暴怒了！

黑鷲也不反抗，迅速地離開了，留下雲泰清一個人在屋頂上，獨自一人看著夜色，感覺自己十分孤單、十分悲慘……

雲泰清有些氣憤地走過去，拉開椅子坐下。

他拿起那瓶看起來就十分昂貴的紅酒，拔開軟木塞，替自己到了一杯，慢慢地啜飲起來。

其實，他不太在乎黑城和白麗的背叛。只要他們沒有親自對他動手，他就不在乎。因為無論如何，他們只是對泰昊忠心耿耿，所以要將「泰清」這個巨大的威脅除滅。

在恢復了記憶的如今，雲泰清想起了一件事，一件非常重要的事。

在上一次回來之後，他和泰昊一起躺在床上。他閉上眼睛，用自己的五感感受著躺在身邊的人許久。

那的確是泰昊。可又不完全是。

或者說，那不是完整的泰昊。

一直跟在他身邊，照顧他、保護他，對他無限嫌棄，卻又無微不至的泰昊，只是泰昊的一個分神。

天有九層，道有三千，神有千萬，人、妖與其他生物，都如恆河沙數。

主神，卻只有一個。

正如天道也只有一個。

雲泰清的記憶依然不是很完全，但他記得，主神似乎也在天道的鉗制之下。而泰昊正是第二位主神，至於第一位主神身在何處，他卻不太記得了。只記得那片雜亂繁複的交錯光影中，暴怒咆哮的舊神在無數攻擊之下逐漸消失，而更新交替的新神，就是泰昊。

在天道的桎梏下，新舊主神是有交替的。

但是其他的神靈不同。他們同樣受著天道的鉗制，卻像不斷被推翻的朝廷上那些巋然不動的老臣，泰然自若地看著新舊主神的交替。

雲泰清還記得自己曾經問過泰昊：「他們效忠的到底是你，還是任何一個主神？」

他還記得泰昊的回答，冷然地、帶著嘲諷的淡然微笑道：「他們不忠於任何主神，他們只忠於自己。」

雲泰清又問：「那他們會成為你的下屬嗎？就像那些浮游？」

泰昊回答：「不會。」說這兩個字的時候，他的眼中，閃爍著冰寒的戰意。

現在想起那繁雜冗長的過去，又想起方躍華的話，雲泰清忽然明白了很多事。

碧霞元君，不會是那些畸形魂魄唯一的幕後推手。真正想要「泰清」死的，也不會只有碧霞元君一個神靈。

他們耗費了太多的時間和精力，在殺死「泰清」這件事上。那麼，在確定這件事無法成功之後，他們會做什麼呢？他們想做的一切，又會是什麼呢？

他們想要「泰清」死，其目的，會不會是在泰昊身上呢？

如今泰昊的主身不知所蹤，又是為什麼？而強行將自己與雲泰清分離，只留下一個分神，和雲泰清維持最低限度的接觸又是為了什麼呢？

他不知道泰昊現在在哪裡。

但無論泰昊在哪裡，他的情況一定非常危急。他需要雲泰清保持穩定和安全。而雲泰清同樣需要泰昊保證自己的安全，然後等待著和他再一次地擁抱。

所以，對泰昊忠心耿耿的下屬一個也不能少。

不管泰昊怎麼想，這些忠實的下屬，和那些神靈不一樣，無論泰昊發生什麼事，他們一定會站在泰昊身邊。也許他們的選擇不是泰昊的意願，但他們一定是保護泰昊的重要屏障。

所以他才不關心泰昊說什麼，更無所謂那些浮游會對他做什麼，他不會在這個時候讓泰昊處理掉黑城和白麗，還有他們手下的人。

每一份力量，都是泰昊需要的。他絕不允許泰昊拿自己開玩笑。

可惜泰昊的想法和他南轅北轍。

對泰昊而言，碧霞元君這件事實在太嚴重了。其他浮游都不是真心想守護雲泰清，而真正關心雲泰清的安全、對他和泰昊的淵源渾然不知的花傑又被趕走，結果直接讓雲泰清陷入險地。

要不是覺智和楚夢帶著假的扳指和玉笏離開泰清護陣，以至於驚動了泰昊，他差點沒辦法及時降臨，幫雲泰清維護幾近破碎的靈魂。

雲泰清問他：「你不是很厲害嗎？區區一個小護陣，你抬抬手就解決了，怎麼可能沒辦法？」

泰昊說：「破壞那個護陣的不是我，是你。」

雲泰清想了想才明白，泰昊的意思是——雖然他降臨在雲泰清身上，但是因為「雲泰清」才打碎了護陣。

雲泰清又纏著他問那個護陣有什麼特殊，泰昊怎麼就沒辦法處理？

泰昊被他煩得沒辦法，脫口說道：「因為它就是要防我的。」

此話一出，兩人面面相覷。

之後泰昊就以「忙」為藉口避不見面，他威脅要自殺都沒用。每次見面，也只是匆匆擁抱一下就消失無蹤。

黑城和白麗雖然沒有當場被格殺，卻還是遭到了懲罰。究竟是什麼懲罰，雲泰清也不清楚，只知道現在換到他身邊照顧他的變成了黑鷲。

思緒回到此刻，雲泰清又喝了幾口紅酒，想抬頭看看天空，欣賞美麗的星空，以抒發一下悲傷感慨的心情。結果視野所及，卻是一片潔白。

雲泰清：「……」黑鷙那個蠢蛋！大晚上撐什麼遮陽傘！很破壞氣氛好嗎！

他氣急敗壞地將遮陽傘丟到一旁，把自己折騰得氣喘吁吁，一身是汗。

雲泰清怒意未消地坐回座位，仰頭看著天上的彎月，織女星已經升到了天穹的最高點，與牛郎星、天津四星組成了「夏季大三角」。

雲泰清調轉目光，望向對面。

那裡不知何時坐了一個人。

一個非常美麗的女人。

她梳著高高的髮髻，身上穿著鵝黃色輕紗的低胸襦裙，長長的披帛在身後輕輕地擺動。

這位美女雖然十分仙氣靈動，但頭上的飾品只有一支銀釵，頸部也沒有什麼裝飾，只有那身衣服的材質十分輕盈而美麗，飄逸得彷彿立刻就能乘風而去。

她輕輕地向他點點頭，櫻桃小嘴張口欲言。

他朝她伸出一根手指，「別說話，讓我猜猜。」

她識相地閉上了嘴。

他閉著眼睛想了想，「妳是……嫦娥，對不對！」

古裝美女：「……」

「我猜得不對？要不就是──啊！王母娘娘！」

古裝美女：「……」

一隻男性的手從後方伸來，掐住了雲泰清的脖子。

「哎哎哎！就算猜錯了也是我學藝不精孤陋寡聞！不至於直接就要殺人吧！」

身後的男人陰惻惻地說：「東嶽大帝之子，也算是半隻腳踏上神位，卻不清楚我們的身分，可見你是假的。」

雲泰清說：「我在這裡好好地過著（悲慘的）七夕，牛郎織女就自己找上門，這不是找碴嗎？」

身後的牛郎聽了卻沒有發飆，反而放開了他的脖子，跨步走到織女身後。

他是一個非常英武的青年，頭髮高高束起，一身俐落的漢服，但質料只是普通的布衣，與織女高貴的服裝格格不入。

兩個人站在一起，一點也不像夫妻，更像是公主和她的侍衛。

……其實這種配對也挺萌的。

面前的織女已經沒有了剛才的氣勢，她顯得有點不開心。過了一會，她前前後後深呼吸了好幾次，又強行在臉上覆蓋了一張優雅柔和的面具。

好假……

原來他每次對著泰昊胡說八道的時候也是這麼假。

織女假惺惺地露出一個僵硬的微笑，「東嶽大帝之子，我們今天前來，其實是有求於你。」

雲泰清嗤笑出聲，「有求於我還這麼囂張？妳脖子上那個美麗的裝飾品有沒有教過妳禮貌？」

織女的臉都漲紅了，她憋了一會氣，突然對著她的侍衛……哦，不，對著她的牛郎哭了起來：「嗚嗚嗚！相公你看他欺負我！」

雲泰清：「……」

公主侍衛頓時豪情萬丈、拍案而起：「凡人！你夠了沒！我們好好說話是給你面子！不要得寸進尺！誰不知道你是因為東嶽大帝的關係，才得了許多機緣！一介來歷不明的鬼魂竟成了東嶽大帝之子，很得意吧！」

可憐的桌子在他的拍打下驟然碎裂，冰桶跌落在地，那瓶高級紅酒和酒杯也在地上摔得粉碎。鮮紅的酒液鋪灑開來，染濕了雲泰清的褲管。

雲泰清微微仰頭，冷靜地看著他說：「紅酒一瓶八千二，桌子一張兩百，杯子一個一百五，一共八千七百元，只接受現金。」

牛郎看了看織女，只見織女依舊摀著臉：「你看！他真是討厭死了！問話都不好好回答！」

牛郎收到暗示，傲然冷哼一聲：「本是要和你好好說話的……真是不見棺材不掉淚！」

他腳下一蹬，整個人飛了起來，揮著一根不知從何而來的扁擔向雲泰清猛撲過去。

雲泰清靜靜地坐在那裡，一動不動，眼見著那根扁擔即將接觸到自己腦袋時，在距離他不到一寸之處，驟然懸刺停空。

他手指上的扳指微微發熱，屬於泰昊的宏大氣息在他身邊盤旋，令他周身閃耀出白色的光芒，死死地將牛郎的武器擋在了外面。

雲泰清笑道：「本來是要跟你好好說話的，可惜你不肯啊。」

他的周身在白光之外逐漸顯現出了虛影，根本不需要去看，就知道一定是那個人的影子。在碧霞元君的事件之後，強大如泰昊也無奈至極，因為就算是自己的扳指也拯救不了雲泰清喜歡找死的本質，於是他將一部分的力量也封入了扳指中，以防萬一。

雲泰清還以為公主和駙馬的自尊心能多撐一會，結果他們兩個連半句狠話都沒說，直接行雲流水地跪倒在地。

「東嶽大帝容稟！我們只是開個玩笑！絕無傷害東嶽大帝之子的意思！請大帝不要生氣……」

其實雲泰清也不覺得自己被冒犯了。只是一直被泰昊摒棄在真相之外，現在連泰昊都見不到，於是想發洩發洩罷了。

雲泰清剛才還有心情和他們玩一下，現在看他們傻傻的樣子，有種欺人太甚的感覺，不由得興趣缺缺。

扳指運作的時間不長，幾個呼吸之後，白光和幻影就消失了。牛郎的扁擔也化作齏粉，隨風飄逝。牛郎支撐不住，撲通一聲倒在地上。

織女又撲了上去：「相公你沒事吧！」

「沒事……」牛郎雖然虛弱，卻仍舊表現得大義凜然，「我會永遠保護妳的！我最美的娘子！我心中的明珠！」

「你……你也是我心中的情郎……」

織女羞澀得臉蛋通紅。

牛郎也激動得臉蛋通紅。

雲泰清：「……」

你們再演下去我就要報警了啊！

雲泰清憤怒極了，說：「你們到底找我幹嘛？有事快說，沒事趕緊滾。」

他們兩個等到泰昊的幻影完全消失，便直接站了起來，對於自己欺軟怕硬的心態一點也沒有不好意思，從面對泰昊時的崇敬，順勢轉為帶點蔑視的態度。

不過他們接下來互相看一眼，然後露出了忸怩的表情。

雲泰清：「……」

這兩位沉默了一會，在雲泰清的忍耐幾乎告罄的時候，終於開口。

「其實……」牛郎出聲道：「我們聽說，東嶽大帝和碧霞元君生下了你……」

雲泰清：「……」

大概是他的臉色特別難看，牛郎也沒再賣關子，趕緊道：「所以我們想問，東嶽大帝到底是怎麼把你生出來的？」

雲泰清的臉色更難看了，「……首先，是碧霞元君生我，不是泰昊。」泰昊倒是想生，奈何他雖然是神仙，也解決不了他沒有那種功能的事實，「其次，我出生在他們做了『能讓我生出來的事』之後，他們幹了什麼，我一點也不知道，也不想知道！另外，你們真想知道他們做了什麼，建議去查查『相關資料』，好好『揣摩學習』。」

織女倏地紅了臉，說道：「不是，不是的。我們神仙的生育豈能與你們這些凡人相提並論！要不是所有神仙的繁育都遭到了天道的束縛禁止，我們又何必來問你呢？」

雲泰清真想說「妳都知道我是凡人了，還來問我做什麼」，但他懶得再跟他們辯解，便默認了。

不過……等一下！生不出來？

「泰昊和碧霞元君明明就生了我啊……」

泰昊是為了讓他出生，才和碧霞元君成婚。如果神仙的生育被禁止的話，泰昊又怎麼讓他誕生？

在碧霞元君被再次封印之前，她好像說了一件重要的事。

碧霞元君說：「你毀了這個世界的主神！你甚至讓我們高貴的神祇無法生育！」

好吧，這個是雲泰清的錯，那個是雲泰清的錯，反正一切都是他的錯就對了！

雲泰清很好奇，如果神仙無法生育，那麼他當初是如何從碧霞元君的體內出生？碧霞元君又為什麼說這件事全是他的錯？他到底做了什麼？

雲泰清看向面前的這對男女，他們兩個目光灼灼地看著他。

他突然想起一件事，問：「不對啊，在傳說故事裡，牛郎不是帶著你們生的孩子去追織女，才被銀河隔開的嗎？」

牛郎露出了一個嗤之以鼻的表情，哼聲道：「你也知道是傳說。傳說還說東嶽大帝是黃飛虎，是哪個皇帝追封的泰山神，你覺得呢？」

雲泰清啞口無言。泰昊的身分，他現在再清楚不過了。泰昊甚至和其他的神靈完全不同，是其他神仙不可比肩的存在。

那麼，困擾了他多年，卻從來沒有答案的問題出現了——

泰昊作為至高無上的神祇，為什麼對雲泰清另眼相看？為什麼無論付出怎樣的代價，也要令他復生？而雲泰清最初作為一隻不知從何而來的老鼠，又何德何能，在泰昊的守護下度過千萬年輪迴的時光？

這無關愛情。雲泰清很清楚，泰昊對他沒有那種感情。說是父子親情，其實也不太像，泰昊對他同樣沒什麼溫情。泰昊對他的感情，其實更類似於一種對寵物的愛護，對自己羽翼下保護的小小生物的那一點點憐惜。

可是，泰昊對於他的下屬，對於那些在他治下的人、神、鬼、妖身上，卻連一點點的憐惜都沒有，於是放在雲泰清身上的這一點情感就特別顯眼。

雲泰清只能猜測，他真正的身分、他導致泰昊痛苦的原因，以及他「造成」千萬年來神仙無法生育的後果，都在被泰昊嚴厲禁言的那些「真相」裡。現在他就算想破腦袋，也想不出來。

他收回跑偏的思緒，又繼續道：「反正不管怎麼樣，我想問你們，你們自己怎麼出生的，你們知道嗎？」

「我們是舊神時代出生的。」出乎雲泰清的意料，織女並沒有對這個問題諱莫如深，反而很坦率地回答，「舊神時代，一切都是好好的，我們是前代神用正常方式孕育而出。和現在不一樣，那個時候只要想要繁衍後代、繼承神格，都是沒有問題的。可是現在……」

她用長袖掩住小臉，用詭異的目光看著雲泰清，就好像他是造成她不孕不育的始作俑者一樣。

雲泰清：「我不知道，妳跟我講講啊。」

他是真的不知道，也是真的好奇。泰昊的下屬身上都被設立了禁制，他什麼資訊也得不到，連碧霞元君都沒辦法對他開口。但眼前這兩位不是泰昊的下屬，泰昊應該不能在每一個神仙身上下禁制吧？

他才不相信這兩位的出現是「意外」和「偶然」。

但是這位織女姐姐的腦袋好像和普通的神仙不太一樣，她一點也不覺得雲泰清是真不知道，只覺得他是在說謊。於是她理直氣壯地一揮袖子，也不回答他，大方說道：「別說那個了！我們今天不是來找你聊天的！你就快說碧霞元君是怎麼把你生下來的吧！既然碧霞元君有辦法讓新的神靈出生，你作為她的孩子怎麼可能不知道！你要是不敢去問東嶽大帝，也可以問碧霞元君啊！她是你的母神，一定會告訴你的！」

雲泰清震驚了，「你們到底是哪裡獲得的情報！知不知道現在的情況？嗯？我要是真的去問碧霞元君，接下來會是什麼結果？嗯？」

織女想了想，「不知道呀！昨天才有個小仙告訴我你的事情，所以我今天就來找你了。你和你的母神吵架了？這可不太好，被母神拒絕的子神下場很慘的，你沒事吧？你還有精力跟我說話啊？」

雲泰清：「……」

他覺得，她應該是被別有用心的人……或者其他什麼的給騙了。

或者有人只是想戲弄她，也或者有人和泰昊的下屬一樣，想要讓他死在織女的手下……

不，就泰昊對他的保護而言，現在誰也拿他沒辦法。如果某些人想要讓他死，這點手段還不夠。

所以就是另外一種可能……或許，有人想告訴他一些事，只能利用這兩位可憐的小神仙？

「碧霞元君如今對我的存在深惡痛絕，就算她有什麼讓神仙生育的方法，也絕對不會告訴我的。」

對面兩位的臉上露出了十分失望的表情，織女眼眶發紅，真是聞者傷心，見者流……等等！

「那個小仙告訴你們，碧霞元君有辦法讓神仙生育？那小仙的原話是怎麼說的？」

織女在聽到他和碧霞元君之間關係惡劣時就有點頹靡，她掩著嘴，根本不想回答他的話。

最後還是牛郎開口道：「那小仙說，碧霞元君已經做了很多嘗試，如今已是大成，只要假以時日，便可解決這個問題。東嶽大帝之子即是元君之子，你們可去問他，把我的話告訴他，他定會幫你們。」

把話告訴他……

果然，雲泰清想。又是一個傳話的。

他想起了昨天在菁鳳廢墟中，方躍華跟他說的那些話。

她說，碧霞元君為了殺他，對許多魂魄都做了慘無人道的實驗。那麼，這個所謂的「神仙生育，已是大成」，是真的發現了解決辦法，還是她找到了殺他的辦法，並且確定他的死亡一定能拯救神仙不孕不育的頑疾？

雲泰清問：「那個小仙是誰？」

牛郎說：「我不認識，七星娘娘可能知道？」

他碰了碰織女。

織女回過神，說：「沒有，他一見面就打招呼，看起來和你很熟，我還以為你認識呢。」

牛郎道：「可是我真的不認識。」

織女道：「哦。」

他們兩個對此毫不在意，也無深究的欲望，直接道：「既然你什麼都不知道，那就算了，再見。」

然後兩人就轉身離開了。

雲泰清：「……」

那兩位跑得實在是太快了。兩道身影飛一般消失在夜空中，雲泰清連叫他們回來的機會都沒有。

他又坐回了椅子，看著腳下的狼藉，不禁啼笑皆非。

原來，神仙也有這麼不可靠的呢……

這已經是第二次了。

對方利用「其他」管道，輾轉將「情報」洩露給他。方法不同，內容各異，但目標一致——

碧霞元君的實驗。

如果這個洩露消息的人是碧霞元君的下屬，目的大概是要把他引過去，直接痛下殺手，以絕後患。

但如果這個人是泰昊的下屬……當然也有可能是想要把他徹底除去，不過也有可能是要讓他知道一些一直被泰昊隱瞞，以至於將下屬嚴厲禁言的真相。或許，他在知道那些真相之後，會直接遂了他們的心願也說不定？

雲泰清實在想像不出能讓他自己甘願魂飛魄散的「真相」會是什麼，但他們的目的肯定殊途同歸。

他目前還沒有想死的欲望，而且上一次泰昊對他「尋找真相」時造成的後果進行了懲罰——只針對他一個人，令人印象深刻，所以現在他覺得自己還是不要自找麻煩。

他最想知道的答案，碧霞元君已經告訴他了。如今更深入的答案在泰昊身上，既然泰昊不想讓他知道，那麼他就不知道好了。

在這個當下，天真的他確實是這麼想的。

第三章

YUTOYAWA

在那天之後，很長的一段時間裡，雲泰清沒有再做讓泰昊不開心的事情，也沒有不開心的事情找上門，一切都很平靜。

唯一的麻煩，是張正卿偶爾會跟他聯繫，說些奇奇怪怪的問候之言。

雲泰清跟這個人天生不合，每次跟他說話都覺得心煩氣躁，但張正卿的態度誠懇，他又不好隨便發火，到後來簡直是看到那人的來電就十分頭疼。

直到某一天，雲泰清忽然醒悟過來，張正卿才不是想問候他，他是想問張小明！

猜到了對方的目的後，雲泰清很乾脆明確地告訴他，張小明已經不在了。在他們對張小明下了詛咒之後，張小明已經死了。

不過，比其他張家人好一點，張小明的身體還活著，魂魄也好好地進入地府，等待轉生。至於在張家大宅裡消失的那些人，無論是身體還是靈魂，大概都變成了碧霞元君的養料——當然，最後因為大陣逆轉，全部歸還在雲泰清身上。這一點他們就不需要知道了。

但奇怪的是，他都已經把話說得這麼清楚了，過了一段時間，張正卿居然又打電話來「問候」他。

雲泰清很不高興，接起電話毫不客氣地問：「你到底要幹嘛？你很清楚，我不是張小明，我沒空跟你玩兄友弟恭的遊戲！有問題就快說！」

張正卿被他憤怒的語氣下了一跳，差點說不出話來。

過了一會，他才緩緩開口：「其實……這件事本不該麻煩你的。」

雲泰清「嗯」了一聲，說：「那好，再見。」

他正要掛電話，張正卿卻提高聲音，趕緊叫道：「不要掛電話！我確實有事求你！聽我說完！」

雲泰清將電話放在耳邊，靜靜等待他的解釋。

張正卿說：「最近張家有許多產業都受到了莫名其妙的影響，我以為是失去了那個獻祭導致的結果，所以命令家族收縮產業規模，等待復起的時機。但很快我發現不對勁，所有受到嚴重影響的，都是張家的生物實驗室和研究所，由我三叔負責的那些——對，就是那天一直暗中找我們麻煩的三叔，我還沒來得及和他對質，他就已經死了。

「那些實驗室裡面有一部分東西，連我都不清楚是做什麼的，現在因為各種各樣的原因，導致正常工作無法進行，有些實驗室甚至無緣無故發生了爆炸，裡面的東西全都消失了。你還記不記得巴里村的爆炸？就像那次一樣，裡面的研究人員、研究成果和所有的精密儀器都沒了，一點灰燼都沒剩下。」

雲泰清說：「真是好慘啊……但那和我有什麼關係？」

張正卿道：「我覺得有點不對勁，就帶著青峰大師去還沒有出事的實驗室查探，結果你猜我們發現了什麼？」

雲泰清冷冷道：「猜不到，我好好奇喔。」

張正卿一點也不在意他的態度，立刻就揭曉了答案：「我什麼也沒有看見！那個實驗室裡到處都是精密儀器，但沒有任何實驗體，沒有任何被實驗的生物，那些籠子裡、箱子裡、監禁室裡，什麼也沒有！」

「所以……你被騙了？」雲泰清有點幸災樂禍地說。

「不！」張正卿斬釘截鐵地說：「雖然我肉眼看不到，但是還有青峰大師在，他的的確確看到了那些東西！

「那些黑色畸形的黑影！是不是就是你說過的魂魄？但我覺得那些不像是人的魂魄，甚至也不像是動物，那些影子太奇怪了！青峰大師也說，就跟獻祭失敗那天出現的、鑽進屍體中作怪的那些黑影一樣！

「最後還有一間連負責人都沒有打開過的監禁室，據說連三叔本人也不清楚那裡面是什麼東西，他們只能透過攝影機鏡頭往裡面看。當然了，我還是什麼也看不到，但青峰大師卻清楚地看到了裡面的東西！」

雲泰清心中出現了不好的預感，「是什麼？」

「他說，他看到了你。」

雲泰清的緊張感突然消失了，撲哧一聲笑了出來，「你說他看到誰？」

「不！」張正卿一點也沒有開玩笑的意思，他的聲音更加低沉而嚴肅，「不是小明的臉。在我看來，你就是小明，但不知道為什麼，青峰大師從見到你的第一眼起，就認定了你不是小明，而且說你和小明長得一點也不像！」

雲泰清現在的容貌，的確是張小明的臉，但這具身體裡的靈魂是雲泰清，只有道行高深、或者被妖魔附體的人，才能透過皮囊看見他真正的模樣。

「所以，青峰大師在那間禁閉室裡看到的那個人，有著你的臉，絕對不是小明。」

雲泰清閉了閉眼睛，輕輕地嘆了口氣。

他都已經決定了，不去看、不去聽、不作死。

可是偏偏有人自找上門，硬要把他不想聽的、泰昊不想說的，全都塞到他眼前來。

這件事用腳趾頭想都明白必然是陷阱。他想要抽身而出，卻總有莫名的力量在背後推著他掉進深淵。

他答應了泰昊不去管那些事。

可是如果有人非要逼死他，那他絕不可能袖手旁觀！

於是他出發了。

雲泰清走進了城內最大的一座娛樂中心。還沒有欣賞那些紙醉金迷的設施，便有人直接將他帶到了最內部的隱蔽電梯。

下到地下九樓，一走出電梯，雲泰清看到一座半圓形的接待臺，裡面居然還有接待小姐，看到他進來的時候，露出了親切的笑容。

「歡迎光臨！」

張正卿在一旁的高腳椅上端正地坐著等待，看到他進來時就站了起來。

雲泰清問：「你要我看的東西在哪裡？」

張正卿說：「就在裡面。」

沒有任何鋪墊。

就像雲泰清知道這是一個陷阱，而張正卿也知道他不得不踏進來。

他們一起向實驗室內部走了進去。就在進第二道門的時候，雲泰清突然想起了一件事，問道：「巴里村那裡，是不是也有你們的實驗室？」

張正卿驚訝道：「沒錯，我是在查詢產業單據的時候才發現的，你怎麼知道？」

果然如此。雲泰清輕輕地哼了一聲。

倀虎、殘魂、攝魂怪、人造耳報神、巴里村爆炸……最後，是張家的黑金大陣。當一切的線索被串起來之後，雲泰清終於能夠肯定，那些詭異殘破的魂魄，都是碧霞元君造出來的孽。

而他們做出這些喪盡天良的事情，正是因為雲泰清。

他們要殺他，卻找不到讓他死的辦法，只能用這些可憐的魂魄做實驗，以至於產生了這麼多畸形的怪物。正因為害怕被泰昊發現，所以只要和地府有關的人靠近，那裡就會直接化為齏粉。

黑竹他們帶著那個怪異的魂魄去尋根溯源之時，便是觸動了實驗室的禁制，讓一切徹底毀滅。

進了第二道門，四周頓時換了風格。

實驗室裡就像他想像的那樣，有著許多高級精密的實驗器材，雲泰清看了半天也不知道這些東西到底有什麼用。

在實驗室的中央有一座展櫃，展櫃上放著一柄華麗的刀具，刀鞘和刀柄上是金絲和銀絲鏤空的精巧雕飾，許多寶石璀璨地鑲嵌其中。不知道是不是因為這柄刀具實在太貴重，必須由實驗人員時刻不離地盯著，不然一般人誰會將這麼貴重的東西放在實驗室裡啊？

他問張正卿：「這很貴吧？為什麼要放在實驗室裡？」

張正卿靜了靜，伸手放在那個展櫃上，「這大概是……產品？」

雲泰清也就問問，事實上一點也不關心它到底是用來做什麼的，便頭也不回直接走了過去。張正卿在後面多待了一會，馬上追了上來。

雲泰清轉頭看著他，道：「不用心疼，反正你們很快就會失去大部分的產業了。」

張正卿：「……」

雲泰清還以為他會撲上來打他，但他沒有，只是淡淡地說：「謝謝你的安慰。」

雲泰清：「……」

實驗室的最深處有一扇門，打開門後可以看得到房間裡面有許多小盒子，每一個盒子的大小正好能放進一個蜷縮的人。盒子層層疊疊，高低錯落，而且幾乎所有盒子都已經被打開了。

雲泰清看了一眼，回頭望向張正卿，問：「這些東西是誰打開的？」

張正卿說：「那天出事之後，所有的實驗室全部出了問題，真正的核心人員全部失蹤，你現在看到的實驗人員，都是我們調派過來的。」

「所以你們並不清楚打開門的人是誰，對吧？」

張正卿點點頭。

雲泰清無奈地看向那一堆盒子。他真正討厭的不是那些盒子，而是那些盒子打開後被放出來的東西。它們現在正悠悠地飄浮在他們身邊。

雖然見多了這些不科學的東西，但被這些東西層層包裹著，確實不是什麼舒服的感受。

反正說出來也不過是增加恐慌，所以他只能裝作什麼也看不見的樣子，對張正卿說：「帶我到你們說的那間監禁室去。」

張正卿帶著他走到最深處。

那裡有一個孤零零的箱子，被固定在房間角落。這個箱子比剛才那些盒子要大得多，裡面足以容下十幾個人。說是箱子，其實更像是一個密封的金屬籠子。

雲泰清繞著這東西走了幾圈，發現並沒有入口和出口，甚至連可以窺視的玻璃窗也沒有。如果不是外形長得和那些盒子差不多的話，他甚至都不敢確定這是一個箱子，而不是一個實心的金屬塊。

他問張正卿：「你到底是從哪裡看到裡面的東西和我長得一樣？」

張正卿帶他到旁邊的一間監控室，裡面有一個穿白衣的實驗人員，看見他們進來的時候就站了起來。

張正卿讓他調出金屬箱子裡面的監控，當看到裡面的人那張臉時，雲泰清呼吸一滯，又有一種「果然如此」的恍然。

那的確是他的臉。

「雲泰清」赤裸著身體蜷縮在金屬箱子的角落，偶爾睜開眼睛，但大多時候都閉眼假寐。

「雲泰清」不知道已經在那裡待了多久，牆上到處都是拚命刮擦出來的刮痕，可見「雲泰清」曾經拚命地想逃走，但失敗了。最深的地方甚至都已經被「雲泰清」挖出了一小塊缺口，但那點損傷對這個鐵箱子而言，根本構不成什麼威脅，許多傷痕就在那裡冷冷地張著大嘴，彷彿在嘲笑「雲泰清」的不自量力。

雲泰清的內心湧起了一股無法遏制的憤怒，他猛地踹開了椅子，又一腳踢翻桌子，最後一腳狠狠將電腦螢幕連同主機摔到地上。螢幕和主機發出砰的一聲巨響，裡面的零件閃出了火花，螢幕上面的畫面瞬間消失。

實驗人員嚇得抖了一下，站在一旁不知所措。張正卿似乎也被嚇到了，不著痕跡地站在牆角，等雲泰清發完脾氣，才一臉平靜地走了過來。

張正卿問：「你打算拿『他』……怎麼辦？」聲音中有一絲微不可見的猶疑。

雲泰清冷冷地說：「我應該問你怎麼辦才對吧？畢竟『他』是你們張家的『財產』，不是嗎？」

張正卿說：「我並沒有管過張家實驗室這一塊，這裡面的東西，我根本不知道是幹什麼的，如果你需要的話，你可以隨意處理。」

雲泰清點了點頭，對於張正卿這種反應還算滿意。不枉他心血來潮，冒著生命危險救了他一命。

這個金屬箱子並沒有任何出入口，甚至也沒有機關，它就是死死地焊在房間角落。幸虧張正卿帶來了人手過來，準備將金屬切開。

專業人員在緊張地工作，切割工具不時爆出絢麗的火花。

雲泰清看著這熱鬧的景象，腦子裡也十分混亂。

他的東西，他只要看一眼就知道了。那個被囚禁在鐵箱裡的可憐人——就是他自己。

當他被碧霞元君強行「出生」的時候，他的神魂被撕裂了，有一部分不知所蹤，所以泰昊一直說他的魂魄非常不穩定。

他們一直以為他只是神魂破損，而泰昊為了修補他的魂魄做了那麼多事情，也沒提起魂魄被撕裂的事情，可見泰昊應該也不知道這個被囚禁的「他」的存在。

沒想到原來是碧霞元君將他的一部分，囚禁在這裡。

也許她剛開始的目的不是要將他的魂魄分開，而是要藉此將他徹底殺死。只不過他殘餘的魂魄依舊能力強大，就算被分開了也死不了，她便只能出此下策。

第四章

Y U T O Y A W A

幽都夜話

這個世界很大，無限的宇宙，孕育了無限的生命，卻有一個東西約束了一切生命和非生命的野蠻生長。它定下了規則，讓一切命運的行進有跡可循。

它不是主神。

它是天道。

天道統治九天萬物，是命運，是軌跡，是一切命運起點和終點。神仙們也不過是在天道的統治之下，彷彿自由自在，事實上卻是被關在金屬牢籠裡而不自知的動物。

但天道又不是真正存在、可以觸摸的東西，它需要一個可以自由使用的統治者。

所以它造出了主神。

主神是規則、是工具，也是統治這世界的主宰之神——只是，必須在天道的約束下。

所有的神、所有的人、所有的有生命和無生命的東西，都在天道的統治之下。

雲泰清在泰清護陣的幫助下恢復了剩餘記憶的時候，這些彷彿刻印在靈魂之中的天地規則立刻豁然開朗。

可這並不是全部。他總覺得他的記憶還是有缺失，尤其是和泰昊有關的那一部分。

不是現在，而是關於最最久遠的過去，他們相遇的初始。

他還以為假以時日就能自然修復如初。現在看來，他的魂魄根本就是缺了一塊。那個被關在金屬箱子裡面的人，就是他缺失的魂魄。

在金屬箱子快要被打開之時。雲泰清讓張正卿以外的所有人都退了出去。這間實驗室裡，只剩雲泰清和張正卿兩個人。

雲泰清對他點了點頭，慢慢地走了過去，手放在那個被切割出來的破口上，用力一推。堅硬厚實的金屬牆壁轟然倒地。

裡面的那個人坐在牆角，靜寂而冷漠，好像什麼事情也無法打擾到他一樣，連看也不看雲泰清一眼。

雲泰清輕輕地咳嗽了一聲。

那人終於撥冗從思緒中逃脫出來，無神地看了雲泰清一眼，緊接著露出了驚訝的表情，整個人忽然變得緊繃，仔細地上下打量著雲泰清，彷彿要將雲泰清的每一處都映入眼底。

「你終於……找到我了。」

雲泰清點點頭，有些愧疚。作為主魂，連自己殘缺了一部分都不知道，還讓另一半的自己受了這麼多年的苦……

「是我的錯。你回來吧。對不起。」

他們互相對視，足足有幾秒的時間，分魂突然整個人都化作了一縷青煙，緊接著這個封閉的金屬箱子驟然颳起一陣狂風，分魂順著狂風的力量，猛地向雲泰清衝了過來。

雲泰清並沒有躲避，任由分魂直接衝進他的懷裡，二者魂魄砰然合攏，就好像碎裂成兩半的鏡子，嚴絲合縫地合併在了一起。

無數的記憶如洶湧的浪潮一般衝入他的腦海，殘缺的記憶終於補上，完完整整地如同畫卷般在腦海中轟然展開。那些資訊實在是太宏大了，雲泰清的腦中一片混亂，而就在他努力梳理記憶、想要看清他的過往時，背部驟然一陣劇痛，有東西狠狠地插進了他的後心口。

他的腦海一片紛亂，只能艱難地回頭瞥了一眼。

只見張正卿一臉木然地站在箱子外，將那把刀向雲泰清的體內又戳進了幾分。

雲泰清的身體彷彿可以感覺到進入心臟的東西上面刻著繁複的花紋，那是極其複雜的符咒。他不知道那是幹什麼用的，但肯定不是什麼好東西。

張正卿不過是一個普通人，他恐怕從打電話開始就已經被控制，只知道要將他騙來，狠狠地戳他一刀。

雲泰清心裡都快氣炸了，不僅氣自己的愚蠢，更氣背後的那些人利用張正卿來殺他。這下泰昊肯定要掐死他了……如果他還有機會的話。

雲泰清的身體已經到了崩潰的邊緣，他只能緊緊地抓住張正卿的手，告訴他：「去我家……找他們……告訴他們你是我的血脈……不是你的……」不是你的錯……

雲泰清話還沒說完，張小明的身體已經再也承受不住那把刀的力量，驟然崩碎，化為虛空中的暗淡光塵。

老天爺！至少讓我把重要的話說完啊！

雲泰清大概能猜得出來，當他消失之後，泰昊應該會把碧霞元君從封印中拖出來鞭笞一百遍。還有，張正卿作為殺死他的人，泰昊恐怕不會讓他好過，但希望泰昊能看在張正卿是他血脈的分上，看對他手下留情。

……等等，他覺得好像有點不太對勁。

魂飛魄散後的世界是這樣的嗎？不是應該什麼都沒有才是嗎？

雲泰清現在真的是搞不清楚自己的狀態了。那把匕首的力量是多麼強大，連肉身都能瞬間崩碎，他就不相信它還專門留下了他的魂魄。

他在那無邊無際的黑暗中不知沉淪了多久的時間，沒有了時間的觀念，沒有了必須去做的事情，就算有什麼必須要做的事情，也什麼都做不了，於是連自己的存在也開始恣意妄為起來。

在那漫長的時間裡，他覺得自己變化成很多種形狀，剛開始有很多手，後來出現了很多隻腳，也或者有很多的頭和軀幹，也或者什麼都沒有，就是一團無形的空氣。明明覺得自己不存在，但又能感覺到自己不固定形狀的存在，這真是一件很詭異的事。

直到有一天，他啪的一聲，被黑暗擠了出來，跌落到一個光明的所在。

他就那麼一灘……平鋪在地上。呃，這不是形容詞，他是真的像一灘水一樣平鋪在地上。

他現在就像一條比目魚，只能看見上方陡峭的岩壁。岩洞幽暗而陰森，但對於他的視線並沒有任何阻擋，抬眼向上望去，他能看清那刀削斧鑿的峭壁，以及峭壁上橫七豎八的痕跡。

那痕跡很眼熟。

他不久前……或很久以前，才在張正卿家的實驗室裡看到過類似的痕跡。

他被囚禁的魂魄，在絕望和痛苦中，於那金屬箱子內留下了無數的抓痕。

那麼，此時此刻，這裡的抓痕，又是誰留下來的？

是誰被囚禁？是誰忍受著無限的孤單和痛苦，只能用這樣的方式來發洩求救？

他像水一樣嘩啦地滑了下來，滴落在地上，又變成一灘奇怪的液體。

一張臉，好奇地從上方望向了他。還有一隻老鼠，小小的腦袋從對方的肩膀上露了出來，也同樣好奇地看著他。

如果他現在不是一灘幽魂所做的水，說不定又要被嚇住了。

那隻老鼠，是他。是很久很久以前，還是小老鼠的他。

而那張臉的主人，正是泰昊。

那是非常非常年輕的泰昊，還是個十一、二歲的少年。如今的他，除了五官之外，幾乎和長大後英俊挺拔的模樣判若兩人。

他不知道受到了怎樣可怕的虐待，臉色青灰，整個人瘦到不行，一雙眼睛卻又大又亮，彷彿所有的生命力都在那裡瘋狂燃燒。他穿著一身黑色的長袍，只是簡單地覆蓋著他的身體，枯萎而暗黃的頭髮也是勉強地被綁在腦後，亂糟糟的，一點也不好看，絲毫沒有長大後那種令人一見即跪的強大氣勢。

雲泰清花了很久的時間，才堪堪化出了一張嘴，和一雙能隨意挪動的眼睛。

「泰昊……」雲泰清叫他。

泰昊歪了歪頭，「你在叫我嗎？我的名字是叫『泰昊』嗎？」

雲泰清一直認為像泰昊這麼強大的神，一定是生而知之，從一出生就無比強大。沒想到他年輕的時候居然是這個樣子，這讓雲泰清不由得一時語塞。

「你不知道你叫什麼名字？」他小心地問。

小小的泰昊搖了搖頭。

雲泰清看看那隻老鼠，然後發現在泰昊的手邊還有許多小老鼠。牠們跟「自己」長得差不多，但他一眼就能分辨出來，其中有他的那十個兄弟姐妹。

他還以為自己真的再也見不到牠們了！即便這是夢，也是一場令人沉溺不醒的美夢！

雲泰清心中湧起了巨大的驚喜，一灘水繞著那十隻小老鼠拚命地流轉。但牠們似乎沒有他想像的那麼聰明，就像一群真正的、呆呆的小老鼠一樣，被他嚇得瑟瑟發抖，反倒是身為老鼠的「他」從泰昊身上跳了下來，擋在牠十個兄弟姐妹身前，十分具有危險性地齜了齜牠可憐的小牙齒。

看見自己居然還有這麼傻的時候，雲泰清差點笑出聲來。

「牠」明顯比兄弟姐妹們聰明一些，似乎也更靈巧，像個守護者一般炸著毛轉了幾圈，等他退回去之後，牠也就對他失去了興趣，又鑽回泰昊的腦袋上。

泰昊對牠十分縱容，輕輕地摸了摸這個膽敢在他腦袋上築巢、膽大妄為的老鼠，笑得十分開心。

看著他如此開心放肆的笑容，再想想今後他不苟言笑的樣子，果然歲月不饒人……這麼想想，還真是讓人心酸呢……

雲泰清和泰昊閒聊了幾句，泰昊有點呆呆的，不過好在不像後來那種面無表情的樣子，基本上是問什麼就回答什麼。

他想，他到底是陷入了一場夢境，還是真真實實地存在於這個地方？他有點不真實的感覺，但冥冥中似乎有什麼東西正在提醒他，這一切都是真的。

這種矛盾的感覺讓他有點焦躁，也沒心思繼續跟泰昊聊天。他不相信幕後黑手這麼好心，將他送到泰昊的身邊解決他的疑問。

他就像一灘真正的水一樣，四處流轉了一圈又一圈，卻什麼也沒有找到。這個空曠而靜寂的地下洞穴，似乎除了泰昊和那十一隻小老鼠之外，就真的什麼也沒有了。

又花了許久的時間，雲泰清終於將上半身化成了一個人形，但也不過是十分具有抽象主義色彩的黑色影子罷了。

泰昊十分驚喜，拉住他的手說：「你是何方神仙？是來救我的嗎？」

雲泰清有點驚訝，「你不是連自己叫什麼都不知道？居然還明白神仙這個詞啊？」

泰昊有些不好意思地笑了——啊，好可愛！和後來那個嚴厲陰沉、面無表情的神仙完全不是同一個人嘛！

「我從出生就在這個地方，只有牠們一直陪著我。」他指著那些小老鼠，說：「我離開不了這個地方，但牠們可以。牠們出去，會幫我帶回來新鮮的氣息，以及外面所發生的事情，我就是靠著這些才能堅持到現在。」

雲泰清的腦子裡突然出現了孤單的小孩蜷縮在黑暗的洞中，寂寞地等待著洞外消息的景象，心臟不由得抽了一下。

雲泰清問：「你知道是誰將你關在這裡的嗎？」問出這個問題的時候，他並沒有期待一個準確的回答，如今的泰昊連自己是誰都不知道，可見他對自己的狀態其實也不是很清楚。

但出乎他的意料，泰昊點了點頭，說：「是舊神。」

「你說什麼？」是他想的那個「舊神」嗎？不是他聽錯了？

泰昊看起來對這件事十分清楚的樣子，繼續說道：「我一出生就知道，我是為了代替舊神而存在的，但看起來舊神並不這麼想。他趁我們剛剛出生，無力反抗的時候將我們囚禁在此處，封閉我們的氣運，令我們不能代替他，他才能長長久久地統治這個世界。」

呃……這種情節發展也太突然了吧！

就在雲泰清心中充滿吐槽的時候，突然有奇怪的聲音傳來。

那些聲音就好像很多隻小腳丫走在地上，啪嗒啪嗒，如雨點般密集。感覺上是很多隻老鼠用牠們小巧的爪子抓著岩壁，飛速攀爬下來。

泰昊露出了一個笑容，「終於回來了。」

雲泰清抬頭望去，只見漆黑的岩壁上覆滿了灰色的老鼠，如潮水般從岩壁上俯衝而來！他差點忘記了自己是一灘液體的事實，好險沒跳起來大喊救命。

只是幾秒鐘的時間，那些老鼠就已經到達了泰昊身邊。但牠們並沒有像他想像中的那樣，將他們覆蓋，而是在他們身邊繞成了一個密密麻麻的圓，靜靜地不知在等待什麼。

泰昊沒注意雲泰清的反應，他欣喜地望著那些老鼠，說：「你們回來了！」

原來牠們是他的手下啊！

雲泰清剛剛感嘆不到兩秒鐘，就見泰昊一把抓起了幾隻老鼠，毫不猶豫地塞進了嘴裡。

雲泰清毫無防備地尖叫出聲。

「啊啊啊啊啊——」

泰昊嘴裡含著一隻小老鼠的尾巴，轉頭疑惑地看著他，哧溜一聲，將那根老鼠尾巴吸了進去，歪歪頭，露出了疑惑的表情，似乎並不明白他尖叫的意義何在。

雲泰清現在連話都說不出來，渾身顫抖，液態的身體散發著顫抖的波浪。

他抖著問：「你……你為什麼要吃了牠……們？」

泰昊一片茫然：「我說過的呀，牠們會替我出去，幫我帶回外面的氣息，並且告訴我外面發生的事情。」

雲泰清顫抖道：「我以為……你的意思……是吃掉牠們……告訴你？」

泰昊驚奇地說：「的確呀，否則我怎麼吞噬牠們帶回來的氣息和消息呢？」

這是泰昊的生存方式。他到這裡不過幾分鐘而已，實在沒有理由干涉別人的選擇。

雲泰清清了清嗓子，試圖讓自己的聲音聽起來平靜一些：「沒……沒什麼。你不用在意我，該做什麼就做什麼吧。」

泰昊看起來有些疑惑，但最終還是相信了他的話，伸手去抓其他的老鼠。

雲泰清頭皮發麻地看著他一把一把地抓住那些小老鼠，將牠們一隻隻吞食。

那些小老鼠彷彿不知道自己的命運，只要前方的老鼠被抓走，後方就會有新的老鼠補上，讓他能夠隨時在最近的地方抓住牠們。

泰昊吃光了那些小老鼠，意猶未盡地舔了舔嘴唇，口中卻沒有任何血跡，就好像那些老鼠在他口中都化作了輕煙，毫無痕跡地消失在他的胃袋裡。

就在雲泰清以為泰昊也把身為老鼠的「牠」和牠的十個兄弟姐妹們也都吃了的時候，那十一隻小小的身影卻從不知何處鑽了出來，「牠」又得意洋洋地爬上了泰昊的腦袋，黑豆一樣的眼睛對他露出彷彿炫耀一般的表情。

雲泰清：「……」

雲泰清一直以為，自己在泰昊的心中是一個特殊的存在……現在看來，他就是特殊的儲備糧食而已啊！

第五章

Y U T O Y A W A

雲泰清已經支撐不住人形，整個魂魄又化作了一灘水。

泰昊吃完了所有的小老鼠，回頭看了又變成一灘水的雲泰清一眼，眨了眨眼睛，最後什麼也沒說，直接翻倒在地，陷入沉睡。

等雲泰清終於想通，再次將上半身化形為人的時候，泰昊依然在沉睡之中。

雲泰清緩緩爬到他身邊，低頭看著他的臉，忽然發現他長得和之前不太一樣了。確切地說，他開始長大了。

之前的泰昊，還是十一、二歲的少年模樣，現在卻已經變成了十五、六歲的青年。他的臉色也好看了許多，皮膚又粉又嫩，頭髮光亮柔滑，和之前的狀態完全不可同日而語。

身為老鼠的「牠」和十位兄弟姐妹守護在泰昊身邊，不許雲泰清接近。雲泰清看見泰昊的成長卻有些好奇，忍不住伸出手指想去碰觸，結果就被身為老鼠的「牠」狠狠地咬了一口，然後用「牠」精光閃爍的綠豆眼惡狠狠地看著他，彷彿要用強大的氣勢將他嚇退。

雲泰清本來就是液態的，「牠」咬了他一口，也就讓他那根手指變成了幾滴水。

他哭笑不得，用手指頭摸摸「牠」的腦袋，「牠」倒是沒有拒絕。然而就在手指接觸到「牠」的皮毛之時，雲泰清的眼前卻突然掠過了無數景象。

虛空中，無數小小的光點在天地之間繁衍，不斷出生，又不斷湮滅。

後來開始有許多光點互相融合，或者說互相吞噬，兩個小小的光點變成了一個稍微大一些的光點，然後幾個稍大一些的光點又互相吞噬，變成一個小小的光球，光球之間互相融合，又變成更大的光球……

最後，出現許許多多類似於老鼠那樣的小小生物。

只有一個光球不同，它並沒有變成成那些小老鼠，而是變成了一個小小的嬰兒，隨手抓起距離最近的小老鼠，一口一口地將牠們吃掉。而每吃掉一批小老鼠，那個嬰兒就會長大一點，直到……

雲泰清猛地後退，那些景象倏地消失。他驚異地看著那隻老鼠型態的自己，一時搞不清楚到底是他的幻覺，還是這隻老鼠讓他看到的。

「是你讓我看到的嗎？」他小心地問。

「牠」歪歪頭，疑惑地發出吱吱的聲音，黑豆一樣的眼睛十分茫然。

雲泰清又去撫摸「牠」的小腦袋，但這一次並沒有再出現那些景象。他想了想，又去戳那隻小老鼠的小肚子，被「牠」再次狠狠地咬了一口。

剛才那些景象又再次播放，但也就是重新播放而已，並沒有出現什麼新的景象，最終也只停留在嬰兒開始吞食老鼠的畫面上。

雲泰清抓起另外十隻老鼠，戳了戳牠們的肚子，接著很榮幸地被牠們一鼠一鼠地咬了一口。

很遺憾，沒有新的景象出現，甚至連剛才那些畫面也沒有。

他再次戳了戳身為老鼠的自己，這回「牠」懶得理他了。

這不行啊！

然後雲泰清將「牠」捏了起來，用手指頭使勁地戳「牠」露出來的尖細牙齒……

「牠」看起來氣得要命，狠狠地一口咬住了他的手掌不放。

正如雲泰清所料，那些景象再次播放。但仍舊是那些老舊的畫面。

剛開始雲泰清還沒有意識到，但是在看了數遍之後他突然反應過來，這並不是幻覺。

這是記憶。

這是泰昊以及牠們這些小老鼠出生時候的記憶！

「牠」和牠的十個兄弟姐妹，以及剛才那些老鼠，牠們並不是泰昊的下屬。牠們，全都是泰昊的兄弟姐妹。

天地大道在孕育新神的時候，並不是只孕育一個，而是同時孕育很多個，然後像養蠱一樣，讓他們互相吞噬、互相殘殺，最強的那一個將成為新的主神，最後取代舊神，完成更替。

他們十一個，比起泰昊的力量而言，簡直微弱到可以忽略不計。泰昊的力量增長得太快，他們根本不是他的對手。也許泰昊就是傳說中的新神，天道氣運的承載者。

雲泰清想起了第一位消失的姐姐在泰清護陣裡對他說過的話。

「如果說我們兄弟姐妹中，誰能走到最後，那就必定是你了。泰昊……經過了這次的事，你也明白了吧？以後你絕對不能相信他！絕對不能！但是在你有能力〇〇他之前，不要激怒他。就算……就算我們全都沒了，也沒有關係，我們是心甘情願的。只要你還活著，記住，只要你還活著……」

之前在記憶中模模糊糊的部分突然清晰起來。他忽然明白過來，真正被禁言的，不是泰昊的下屬，也不是碧霞元君，而是他自己。泰昊有很多事情並不想讓他知道，比如說他吃掉了他十位兄弟姐妹這件事，他嚴禁任何人對他提起，即便有人不要命地說給他聽，他腦中的禁制也會讓那些訊息自動消音。

不知道是不是在這個地方泰昊的禁制不管用，還是雲泰清的幽魂狀態解開了禁制，直到現在，他想起那些曾被遮掩的話時，才真正意識到他聽到了什麼。

第一個消失的姐姐說：「但是在你有能力吞噬他之前，不要激怒他。」

否則，他就會被他吃掉。

碧霞元君說：「哦，您是說他不完整？您只要將他吃掉了，他不就完整了嗎？啊，對了，您不想那麼做。」

是啊，只要把雲泰清吃了，雲泰清和泰昊化為一體，新主神就完整了。

可任誰也不明白，泰昊為什麼到現在都沒有那麼做。

兄弟姐妹們說：「那不是你的錯，記住，是泰昊吃了我們！」

是泰昊吃了他們！

是泰昊！

是……是泰昊啊……

他看著那些呆傻的小老鼠，牠們還不知道發生了什麼事情，只是疑惑地看著他這個形狀詭異的東西，默默地對著牠們落淚。

為了愚蠢的他自己，為了直到消失的最後一刻還為他考慮的兄弟姐妹們，他早就該殺了泰昊，用最殘忍的手段將他殺死，為他們復仇。

然而他卻辜負了他們的信任，完全忘記了他們被泰昊吞噬的仇恨，乖乖地在泰昊身邊，心安理得地接受著泰昊的照顧。

雲泰清看著昏睡過去的泰昊，明知道自己的力量對於泰昊而言不過是杯水車薪，即便是他這麼弱小的時候，自己也無法對他構成威脅，但他還是忍不住內心深處翻湧的那些惡意。

他想殺了他。

好想殺了他！

雲泰清伸出一隻手，慢慢地放在泰昊的頭頂。他可以用手指畫出一個符咒，然後用自己的魂魄為祭，狠狠地傷害他。就算殺不了他，也能給他一點小小的懲戒！

這時，不知何處傳來一股淡淡的臭氣，好像什麼骯髒的東西正在逐漸接近他們，不過那股臭氣實在太淡了，雲泰清一時分辨不出來那究竟是什麼味道。

他努力忽略掉它，只將注意力集中在即將碰到泰昊的手指上時，泰昊突然睜開了眼睛。

「他來了。」

雲泰清不動聲色的收回手，「你說誰來了？」

泰昊說：「舊神。」

就在泰昊說完這兩個字的同時，大地開始震動起來，地面上突然出現了繁複的花紋。

雲泰清能辨認出那是符咒的印記。

那股臭氣變得明顯起來，無孔不入，濃烈得令人噁心。雲泰清皺眉退了幾步，但那臭氣像是完全籠罩了這個世界一般，無論到哪裡都能聞得到這股令人不愉快的氣味。

泰昊突然變得十分痛苦，他倒在地上，緊緊地抱著自己，全身蜷縮成一隻蝦米。他的皮膚彷彿驟然被無數利刃劃傷，又像是被體內的力量強行衝破，那些傷口開始向外流淌鮮血。他的血是金色的，血液像黃金流淌的小溪逐漸匯成大河，雲泰清可以看到無數大道氣運從他的血液中流竄出，進入符咒之中，向上方的某處流竄而去。

泰昊才剛剛長成十五、六歲的少年，現在隨著血液的流失，他的身體以肉眼可見的速度開始萎縮，又回到了十一、二歲的模樣。

時間過了很久很久，上方的那個存在發出了隆隆的狂笑之聲，彷彿在嘲笑他的努力和不自量力。

泰昊被那咒符和上方那個不知名的東西壓得只能趴在地上，面無表情地埋在他金色的血液之中，彷彿對這種酷刑已經麻木。

當吸收盡最後一滴金色血液中的力量之後，上方的那個存在終於心滿意足地離去。泰昊的身體這才停止迸裂出新傷口，開始逐漸修復，流出來的血又從他的傷口中鑽了回去。

泰昊疲憊地躺在地上，一隻手還拉著雲泰清水一樣的身體。

雲泰清覺得在這種情況下自己應該說點什麼，但一時不知道該怎麼開口，只能乾巴巴地說：「你還好嗎？」

泰昊輕輕地搖了搖頭，有些委屈地說：「不好。」

有那麼一瞬間，雲泰清只覺得他可憐，覺得他無論做過什麼，他都能原諒。但在下一刻，他又看見了圍繞在泰昊身邊的十位老鼠兄弟姐妹。

他想起了魂飛魄散的他們，想起了他們溫柔堅定的眼神。

「那不是你的錯。是泰昊吃了我們。」

他的心突然又痛了起來。

為自己，為他的十個兄弟姐妹，甚至還有很大一部分，是為了泰昊。

他又等了許久——在這個毫無時間觀念的地方，也許是一天、兩天，也或許是幾百年——雲泰清看見牆壁上再次出現了許多的小老鼠，剛開始牠們其實並不像老鼠，而是他在幻覺中看到的那些小小光球。

等到牠們重複融合，直到近乎完整個體的時候，泰昊才終於清醒過來，他看了牠們一眼，牠們像接到了什麼命令一樣，用牠們的小爪子抓著石壁，劈里啪啦地跑去了外面的世界。

身為老鼠的「牠」和那十個兄弟姐妹們看起來十分興奮，圍繞著泰昊不停地轉圈，似乎也在尋求出去探索的許可。

泰昊卻點了點「牠」的腦袋，說：「牠們十個可以。你，不行。」

那十隻小老鼠聽見泰昊的話，高興地就想要向外奔跑。「牠」一看出不了門，就開始滿地打滾，發出哀鳴。那十隻小老鼠聽見了「牠」的哀鳴，便都停了下來，黑溜溜的小眼睛盯著泰昊，充滿了祈求。

雲泰清已經決定，要對泰昊保持冷酷，但在看到「自己」這可憐樣子時，還是忍不住問：「為什麼不許牠出去呢？」

泰昊摸了摸「牠」的頭，道：「我現在還沒有辦法控制自己，只要牠出去，攜帶了外界的力量回來，我一定會吃了牠。但是我不想吃牠。」

「不想吃……」雲泰清愣愣地問：「為什麼不想吃？牠和那些被你吃掉的東西又有什麼區別？」

「牠不一樣的。」泰昊堅定地說：「最初，剛出生的時候，就是牠和我在一起，牠和其他的都不一樣，是獨一無二的，如果我吃了牠，就算有更多的東西，那也不是牠。」

雲泰清忍不住冷笑道：「什麼獨一無二，就是一個獨一無二的零食罷了，又有什麼意義呢？況且你身邊還有那十隻小老鼠呢！牠們每一隻不也都是一樣獨一無二的嗎？」

雲泰清明白自己有點不太講道理，但各種矛盾的心情混雜在一起，讓他心煩意亂。

泰昊卻搖了搖頭，道：「不，牠們不是的。是牠喜歡牠們，而且牠們對牠有用，所以我把牠們留在牠的身邊。」

雲泰清愣了一下，「有用？牠們對牠有什麼用？」

泰昊張了張嘴，似乎想說什麼，最終卻沒有回答。他看著雲泰清身後的地方，逐漸露出一個微笑。

雲泰清莫名地回頭看去，那裡什麼也沒有，只有漆黑的岩壁。不過，泰昊的樣子卻好像是看到了什麼令人驚訝而欣喜的東西。

「原來……我以後會變得這麼厲害啊。」泰昊又看看他，「原來，你會變成這個樣子，還真是讓人不放心呢。」

雲泰清說：「你在說什麼啊……」

少年泰昊猛地推了雲泰清一把。身後明明是石壁，雲泰清卻彷彿掉入了虛空之中，自天際墜落。

「你該回去了。」

泰昊輕輕地對他說著。

「再見。」

雲泰清又回到了黑暗中。

但和上次不同，他再也感覺不到自己恣意妄為的身體，甚至感覺不到自己的存在。

他似乎被什麼東西束縛住了，不能聽、不能說、不能動，更確切形容的話，他認為自己是個植物人。

過了很久很久，他終於能感覺到自己的指尖，於是動了一動，這回不再是像液體一般的感覺，他似乎又回到了原本肉身的狀態。

他又動了動眼皮，眼皮上似乎有著千斤的重量，他努力地想睜開，卻又不由自主地閉上。

又過了不知多久的時間，他終於感覺到眼皮的重量正在減輕，他慢慢地將眼睛睜開，看見了坐在身邊的白衣女孩。她穿著一身白色的小禮裙，和當初白麗身上的有點像，但她的容貌比白麗年輕很多，看起來只有十六、七歲左右。

她正在用筆在筆記本上記錄著什麼，側臉對著他，這個角度看她覺得有點眼熟，但他一時想不起來是在哪裡見過。

雲泰清哼了一聲。

她一轉頭，看到他醒來，顯得十分激動，當場跳了起來，將椅子翻倒在地，向門外衝去。

「醒了！醒了！少爺醒了！」

外面忽然湧入一大群人，不是穿著白衣，就是穿著黑衣，有古裝也有現代服裝，黑壓壓的一大群，有幾個直接撲到他身邊，開始在他身上貼上各種檢查儀器，恨不得馬上檢測出他的身體狀態。

這些人都很陌生，除了剛才那個女孩之外，其他的人他一次也沒見過。

他看看上方的屋頂，還是熟悉的花紋，正是在泰昊的「須彌芥子」內。

但是以前，泰昊是不會讓黑城和白麗之外的人隨意進來。即便有人進來，也往往都是暫代職務，或者很快就會出去。今天怎麼會聚集這麼多人？還彷彿已經在此等候多時的樣子。

那些人在他身上反覆檢查，甚至將探針伸進了他的喉嚨，要不是不能動，他已經跳起來將他們統統趕出去了。

最後他們看起來都鬆了一口氣的樣子，向那個一直守著他的女孩卑躬屈膝地匯報：

「白久大人，少爺現在的狀態已經基本上恢復正常，再過不久就能自然活動了，請讓主子放心，並沒有留下什麼後遺症。」

白久輕輕地點了點頭，將他們送出去，又回到他身邊，輕輕地拍了拍他的手背。

「少爺，請不要擔心，您現在的狀態只是暫時的，等到神魂歸位之後就會沒事了。」

他眨了眨眼睛，示意她「他明白了」，就又睡了過去。

等雲泰清能從床上坐起來，時間大概過去了三個月。從張正卿讓他去實驗室開始算起，剛好整整三個月。

等他的手腳能自由活動，已經又是一個月過去了。

他讓白久替他拿來鏡子，發現自己的外表依然是張小明的樣子。

雲泰清有些疑惑，這具身體還真是十分堅固，經歷了這麼多事，到最後他都能感覺到自己身體和靈魂都徹底破碎了，怎麼還能看到這具身體完完整整地出現在鏡子裡，就好像從來沒有發生過那些事一樣？

他看了看鏡子裡的自己，又巡視了自己身上一圈，總覺得好像少了什麼東西，但想了半天也沒想起來。

再仔細想想，他問：「黑城和白麗去哪裡了？」

他以為白久會說，他們正在忙或有什麼重要的工作之類。

誰知她直接回答：「他們死了。我和白星接替了他們的工作。」

手中的鏡子差點摔到地上。雲泰清吃驚地看著她，「妳說什麼？」

白久站在他身邊，雙手交疊放在小腹上，就像一個再嚴謹不過的管家，「張家實驗室的事，是他們的計畫。在那裡發生的事情，主子已經將其全部列為機密，並設下了嚴格的禁制，就連我也不能知道。所以我們並不清楚那裡發生了什麼，只知道他們傷害了您，被主子直接打入輪迴。」

雲泰清不由得有些木然。其實去之前，他就知道那是陷阱，他想過很多種可能，卻怎麼也沒有想到真正被他們利用的人是張正卿。

那些幕後黑手他也想過，也許是碧霞元君的餘孽，也許是其他看他不順眼的人，他唯獨沒有想過，會是黑城和白麗。他以為他們不會有這麼大的膽子。

之前他們也只敢暗中偷偷出手，從來都沒有直接動手過。但事實上，他們似乎已經對他忍無可忍了。

而泰昊，在經過這次事件之後，也對他們再無忍耐的可能。

雲泰清實在不理解他們幹嘛要這樣，用這麼明顯的方式來加害他，以至於他們只能再入輪迴，重新受苦。

不過，這回雲泰清不會再為他們求情了。之前是並不明白自己的狀況，看在他們多年照顧他的分上，才會傻傻地為他們說話。但現在連他自己都只是一頓美味的儲備糧食，在隨時都會被吞噬的情況下，還去幫別人解決麻煩，這實在不是他的風格。

於是他將這件事拋在了一邊。

第六章

Y U T O Y A W A

等能自由行動後，雲泰清開始各種科學和不科學的復健。由於身體脆弱，令他的神魂和身體無法完美結合，他們能修復他的肉體，也能修復他的靈魂，但卻不能讓他的身體和神魂緊密結合，這只能靠他自己。

在「須彌芥子」的訓練空間中，雲泰清一邊訓練，一邊看著旁邊監督他的白久。看得越久，那種熟悉感就更加強烈。他問她：「白久啊……我見過妳嗎？」

白久輕輕屈膝行了個禮，「我們在蜥蜴怪和貓妖的那場婚禮上見過。」

他恍然大悟。想起來了！原來她就是那個三叉戟女孩之一。

當時的情況有些亂，她出現的時間也不長，後來另外一個女孩白星還出現過一次，幫了他一個大忙。而這位卻再也沒出現過，所以他對她的印象不深，即便再次相見，也只覺得她似曾相識而已。

「白星呢？」

白久道：「白星接替了黑城的工作，現在正在安排他手下的雜事。」

他若有所悟地點了點頭。

從復健器材上下來，他一邊喘息、一邊問：「張正卿呢？不會死了吧？」作為殺了他的罪魁禍首，不會被泰昊誅滅九族了吧？

所幸白久搖了搖頭，「雖然張正卿是這次的罪魁禍首，但他受到了白麗強烈的暗示，而且他畢竟是您的血脈，所以只是收走了張家的氣運，不會有生命危險。」

雲泰清抓了抓汗濕的腦袋，為張家的結局感到有些哭笑不得。

本來他們利用自己血親獻祭，為的就是坐享無數榮華富貴，如今不僅失去了大部分的血親，更失去了權力和財富。

白久又介紹了一下其他人的情況，除了黑鷲戴罪立功之外，其他人都遭受到了不同程度的懲罰。

「黑鷲戴罪立功？他怎麼戴罪立功？」

白久想了想，招手讓他跟著她走。

雲泰清跟她走到了泰昊的書房。上次來這裡的時候，還是幽冥宮殿的樣子，現在已經恢復成原本書房的樣貌。

書房的桌案上有兩個刀架，上面放著兩把刀。

這兩把刀乍看長得差不多，都是刻著繁複花紋的刀刃、有著精緻華麗的刀柄，刀刃是同樣的手肘長度，放在一起的時候，似乎並沒有什麼區別。

但仔細觀察，這兩把刀刃上的花紋是不一樣的。一把明顯散發著惡毒的氣息，另一把雖然也差不多，但其中卻包含著一絲生機。之前他在實驗室看到它的時候，這種氣息並不明顯，可見應該是被掩藏了。

雲泰清走過去，拿起那把包含著一絲生機的刀，翻來翻去，看了又看。果然在花紋的角落裡，找到一絲沒有洗乾淨的暗色血跡。

「這就是殺了我的那把刀？」

白久道：「是。黑鶩雖然之前聽從黑城和白麗的命令，對您的求救不予理會，但他最多也只能做到這樣而已。後來……處理碧霞元君相關物品的時候發現了這把刀。這應該就是碧霞元君他們經過了長期的魂魄實驗之後，終於造出來的成品吧。但不知道為什麼沒有用，也可能是來不及……」

雲泰清想，不是來不及，只是想在死前徹底利用他，將他的力量吸乾，讓碧霞元君解除封印，然後再用這把刀殺死他。

可惜，碧霞元君不僅沒有吸收了他的力量、解除封印，反而被他吞噬了積攢已久的力量，如今被重新封印，這些東西自然也落到了黑城和白麗的手裡。

「黑城和白麗幾乎已經瘋了，喪心病狂地決定直接讓您魂飛魄散。到時候，就算主子不想將您吸收，他的本能也做不到。他們兩個沒有辦法隨意進入人間，這件事，必須由在人間行走的浮見執行。黑鷲十分害怕，認為這並不是一個好的選擇，但是他的勸說完全無法打動他們兩個，他害怕自己因此被摒棄在計畫之外，反而造成不好的結果，最後只好假意答應，在得到了那把刀之後，就將此事悄悄告訴主子。」

雲泰清看看手裡的刀，「那怎麼還會有這把刀？我又為什麼會出事？」

白久繼續說道：「我們也不知道主子是怎麼想的，在拿到那把刀之後，他讓黑鷲不動聲色地等了幾天，然後又拿了這把刀給他，讓他遵照黑城和白麗的計畫執行。」

雲泰清拿著刀，不知是不是因為它曾插入他的心口，刺進他的靈魂，以至於他看到它的時候居然感覺到有些親切，完全沒有看到殺害自己的凶器時那種憤怒的心情。

「那妳現在將這把刀給我，意思是……？」

白久道：「主子說等您醒來，就將這把刀給您，作為扳指和玉笏的補償。」

雲泰清愣愣地看著自己撫摸刀刃的手。

從醒來開始，他就覺得好像少了點什麼東西，但一時沒有察覺。這時看到刀刃上白皙潔淨、毫無瑕疵也沒有任何飾品的手指，這才恍然大悟。在夢中與小泰昊度過的時間太久，連原本攜帶在身上的東西都差點忘記了。

「扳指和玉笏去哪裡了？」

「在您因這把刀而徹底粉碎之後，那兩樣東西就損壞了。」

他抬頭望著她，「但是泰昊現在也不在我身邊，為什麼我還能動？」

他不能離開泰昊太久。這是碧霞元君將他強行生出的後遺症。

泰昊曾用了很多年修復他，原本都治療得差不多了，結果自己幾次踏入敵人的陷阱，導致神魂與肉體的分裂更加嚴重之後，這個後遺症就開始發作，泰昊便回到了他身邊為他穩定魂魄。

這個「須彌芥子」是一個獨立的空間，他和泰昊只要不在同一個空間裡，泰昊就無法穩定他的魂魄，雲泰清會幾乎無法動彈，而後魂魄逐漸崩碎。

後來雲泰清從泰昊手上「偷」了那枚扳指，方才能離開泰昊的身邊。

白久搖頭道：「我也不知道。冥醫認為主子在您沒有修復之前最好不要離開，但是主子說，只要將這把刀放在這裡，您就會沒事的。若您要離開『須彌芥子』，務必將這把刀隨身攜帶。」

雲泰清不敢置信地看著她，「妳確定他讓我拿著這東西出門?!」

白久說：「主子確實是這麼說的，而且主子說了，讓您一定要隨身攜帶，否則他也不知道會造成什麼結果。」

雲泰清將刀小心地放回刀架上，深吸一口氣，問：「泰昊呢?」

白久的表情僵了一下，「主子最近有點忙，黑城和白麗留下了一堆爛攤子，主子得坐鎮為他們處理……」

雲泰清看著她僵硬的表情，意味不明地笑了一下。

白久垂下頭，「那……我去聯繫主子。」

看著白久轉身出去的模樣，他想她大概會找個地方哀號兩聲以作發洩吧。但他才不關心她有多為難，他關心的是……

雲泰清的目光又看向那把刀。

那把隱含著一絲生機的刀刃。

他輕輕撫摸刀刃，微微的溫暖和熟悉的波動提醒他，這和他以前所有見過的那些刀具完全不同。

這不是金屬，是骨頭。

是泰昊的骨頭。

不知過了多久，整個「須彌芥子」突然發生了震盪。這震盪十分輕微，如波動般輕輕劃過腦海。

雲泰清知道，是泰昊來了。

他從那把刀上挪開目光，抬步走出書房的門。

泰昊從正門進來，身後跟著白星。

主子大駕光臨，冥醫們紛紛從房間內出來跪迎。白久早已在客廳等待，此時正跪在最前方，低聲說著什麼，大概是在向泰昊告狀。

雲泰清目不轉睛地看著泰昊。

雖然在看到那把刀的時候他就想好了，一定要跟泰昊好好談談，而且一定要盡快，否則他就沒有勇氣了。可是事實比他想像得還要殘酷——真的看到泰昊來到眼前，他連緩衝的時間都沒有，瞬間就洩了氣。

他明明在知道那十位兄弟姐妹的下場時，就已經暗下決心，絕對不能原諒泰昊。甚至在幼年的泰昊面前，他都能堅持這種想法，對小泰昊所受的苦難冷漠以對。但真正的泰昊出現在他面前時，雲泰清忽然發現自己好像沒有任何立場去恨他。他現在的心情矛盾又茫然，不知道該怎麼辦才好。

泰昊帶他進了書房，連白星和白久都被趕了出去。泰昊坐在書案後，而雲泰清就站在他的面前。

泰昊的眼睛從那兩把刀上一晃而過，彷彿什麼也沒看見，非常淡定地問他：「你有什麼話要說？」

「沒話說就不能見你？」雲泰清十分嘴賤地說道，隨即想立刻打自己一巴掌。

泰昊眼睛輕輕地看向書案的角落，好像那裡有什麼東西吸引著他。他的眼神中洩露出一絲為難，如果不是對他有所瞭解，只怕雲泰清也看不出來。

「我以為……你不想看到我。」

他說得對。在知道自己那十位兄弟姐妹最終的歸宿時，雲泰清確實有那麼一瞬間恨他恨得寧願他從來都不曾在自己眼前出現過。

但在他醒來之後，在知道了一些他原本並不知道的事情之後，在隱約猜測到了背後的真相之後，他就不知道自己該怎麼想了。

小泰昊說過，小老鼠們一旦攜帶了外界的氣運，當時的他就會控制不住自己，連「牠」都可能會被吃掉。

那只是生存的本能而已。雲泰清誰也不能怪，只能怪這倒楣的天地規則。

雲泰清低聲道：「上一次，白麗用了蝕魂湯，為了減輕我的痛苦，你也進去了。在那之後，你睡了很久，可是在那之前，我從來沒有見過你睡覺。」

泰昊的表情不動聲色，就好像這只是一件微不足道的小事，「那不算什麼，雖然你有點太脆弱了，不過我可以體諒你。」

連你自己都睡了那麼久，還好意思諷刺我！

「雖然當時白麗並沒有說什麼，但在那之後她和黑城似乎就瘋了。對我的種種迫害，似乎也是在那之後才開始的。那個蝕魂湯……是不是對你造成了非常嚴重的傷害？」雲泰清問。如果不是嚴重而不可逆的傷害，黑城和白麗不會那麼喪心病狂，不管不顧，只一心想弄死他。

泰昊淡淡地笑了笑，「那只是小事。你不用想太多。還記得關於游泳池和大海的對比嗎？」

雲泰清瞬間被擊潰了自尊心，連那點愧疚都快要被淹沒了。

雲泰清穩了穩心神，繼續問道：「如果只是游泳池和大海的對比，那在你身上的傷害應該微乎其微，可以忽略不計才對。那他們為什麼會突然發瘋，要我以命相賠？」說著說著，自己就覺得有點不對，「不，他們不是想殺我，他們是想讓你吃了我！因為你受了很重的傷，只要吃了我就能恢復，對不對？」

泰昊這次沒有鄙視他，也沒有拐彎抹角地嘲諷，只是平靜地回答：「不，他們只是單純看你不順眼而已。」

雲泰清倒退兩步，摸了摸心臟，彷彿摸到了一支無形的利箭。他一定要堅持住，不能被打倒。

他知道泰昊這麼多年為什麼不願意說話了，恐怕是別人根本不願意跟他說話吧！

好在，他也不是來尋求答案的。

「他們決定殺了我，你卻沒有直接出手阻止，而是將計就計，用這把替換過得刀將我殺死，就是為了讓我回到過去，對嗎？我是真的回到了過去，還是只是做了一場夢……你能告訴我嗎？」

泰昊點了點頭，又搖了搖頭，「是夢非夢，似真非真，你只要知道那一切都是真的就可以了，至於是透過夢境或其他手段又有什麼關係呢？」

「那你為什麼願意讓我回到那個時候？你以前不是堅持對我隱瞞，寧可對我設下禁制，也不願意跟我解釋嗎？」

泰昊看了他一眼，淡然的目光中隱藏著某些奇異的神情，他想仔細去分辨時，泰昊卻又移開了目光。

「我的確不想告訴你。」他說：「但當我發現你竟然為了那些我隱瞞的事情，用自己的生命作為賭注，去向碧霞元君尋求真相的時候，我就知道不能再這麼做了。以前對你隱瞞，是不希望你恨我，你我畢竟一本同源，是和我幾乎一同出生、對我而言十分特殊的存在。但如果這些隱瞞會導致你的死亡，那就違背了我的初衷。還不如就讓你親自去瞭解這一切，順便，也給你的好奇心一個教訓，以防再發生這種事。」

他說得坦坦蕩蕩，連「教訓」二字，也說得如此輕描淡寫。

雲泰清摸著心臟，覺得又深深地中了好幾箭。混蛋！他真不想再跟他說話了！

「我不明白，我哪裡特殊了？我難道和我的兄弟姐妹有什麼不同？跟你吞噬的那些小老鼠有什麼不同？我明明也是一隻倒楣的老鼠，和牠們並沒有什麼區別啊！」

泰昊輕輕動了動手指上的扳指。在將原來的那枚扳指給他之後，泰昊又戴了一枚新的。

「一定要說的話……」泰昊用指尖點了點他，「你是第二個出生的。」

雲泰清微微一愣。

泰昊出生於泰山之下，世界氣運交往匯集之處。在出生之後，他始終孤獨地被舊神囚禁在那裡，僅僅是孕育出自我的意識就花了很長的時間。而在長久且無窮無盡的孤獨與虛弱中，雲泰清誕生了。

「你是第一個能夠陪伴我的存在。我知道我必須吃了你，在看到你的那一瞬間，我的本能就蠢蠢欲動。但那個時候，我實在太寂寞了，如果沒有你的存在，我只怕連最後的理智都會消失。雖然你有點愚蠢，又很弱小，但畢竟是第一個在『我』之外的存在，所以我忍住了欲望，沒有讓你成為我的糧食。那之後你陪伴我度過了很久的時間，雖然還是那麼蠢，但對我而言，你已經非常特殊了。無論發生什麼事，『不能吃掉你』都是我最重要的原則。」

這是泰昊第一次坦率地告訴他過去的事情，不迂迴，也不嚴厲地禁止，而是坦坦蕩蕩地把他的想法攤開，擺在他的面前。

這的確令人動容。但這不是他的目的。

「在你成功吞噬了舊神之後，我就有相當長的時間，再也沒有見過我的兄弟姐妹。後來，還是我跟你……訴說了我的不滿，你才將他們又還給了我，對吧？」雲泰清大聲說：「我現在只想知道，你是不是有什麼辦法讓他們回來？就像以前那樣？」

說出這番話的時候，他的心情十分激動。他緊緊盯著泰昊的臉龐，仔細觀察泰昊的表情，只怕錯過了泰昊任何一丁點的變化。

泰昊看著他，眼中的神情複雜難言，似乎有許多話想表達，最後卻終究化作一聲嘆息。

「……對不起。」

雲泰清的血液瞬間冰涼。

「後來的情況有點混亂……和第一次不同。牠們被我吃掉之後就與我完全融合，不可能再分離出來了。」

雲泰清早已預料到了這個結果，卻還是抱著那一點點的希望。無限的失望勾起了無限的恨意，他開始有點控制不住自己的情緒。顫抖地呼吸了幾次，卻發現無法抑制胸口澎湃的黑暗欲望，他只能匆匆說了聲「我出去了」，便逃離現場。

第七章

YUTOYAWA

浴室裡，雲泰清用冷水沖了沖臉頰，冰涼的清水讓發熱的腦子逐漸冷靜下來。

他曾經發誓，只要他找到那個殺死他兄弟姐妹的罪魁禍首，就要親手將他碎屍萬段，無論對方是誰，無論要付出怎樣的代價，一定要為他們報仇！然而，諷刺的是，他終於找到了凶手，但凶手卻是比兄弟姐妹而言，對他更加重要的存在。

他撥了撥濕漉漉的頭髮，盡量讓自己變得面無表情。

等回到書房門口的時候，白星正站在那裡。她看到雲泰清走過來，對他微微一笑。

「少爺，您回來了。」她非常有禮地說。

然後他聽到書房中白久突然拔高的聲音：「主子！您怎麼能這樣背黑鍋——」

她的話沒說完就被一聲巨響打斷，然後是令人窒息的靜默。

白星臉上的表情毫無變化，依然笑得溫和。

很快，白久走了出來，臉上還是非常公式化的笑容，「少爺，您回來了。主子正等著呢。」她的臉上有一條細細的擦傷，好像是被什麼東西劃破了。

雲泰清看著她臉上的劃傷，說：「妳到底想讓我知道什麼？說吧，別拐彎抹角。」

白久搖了搖頭，「是工作上的事情，和少爺您無關。」

雲泰清盯著她完美無瑕的笑容，「妳在說謊。」

白久這次發自真心地笑了，「少爺，您饒了我吧！黑城和白麗的前車之鑑還在那裡呢！屬下還很惜命。」

雲泰清無可奈何地揮手，讓她和白星一起離開。

當他再次走進書房的時候，泰昊依然坐在書案後，眼睛看著那兩把刀，連動作都沒有變過。不過一個筆洗掉落在地上，昭示著剛才發生了什麼。

雲泰清說：「不是說好，不對我隱瞞嗎？剛才又是怎麼回事？你又背了什麼黑鍋？」

泰昊道：「是工作……」

「放屁！」他將書桌上剩下的雜物都掃到了地上，「我又不是蠢蛋！我不信白久剛才見縫插針地衝進來，就為了跟你匯報工作！你是不是覺得這麼多年來，我始終是那隻愚蠢的傻老鼠！」

桌上的紙筆雜物摔在地上，發出乒乒乓乓的響聲，硯臺沉重地落到地上，砰的一聲，卻沒有在地板上砸出任何痕跡。

泰昊看著那些東西，眼神中露出一絲苦惱的表情。

雲泰清挺直脊梁，堅定地看著他，試圖用眼神讓他知道他的不滿。

泰昊輕輕敲了敲書案，彷彿在思考著什麼重大的事情，最後下定了決心，輕嘆了一口氣，道：「你知道，我為什麼要讓碧霞元君生下你嗎？」

雲泰清有點驚訝，他居然主動提起了這個話題，不過他還是說道：「我記得是因為那個時候我實在太脆弱了，所以你想藉由神靈的母體穩固我的魂魄？」

現在想來，這個理由似乎有點牽強。天上地下那麼多女神，為什麼非要是碧霞元君？她對泰昊忠心耿耿，一旦發現他的存在是泰昊不完整的根本原因，那肯定不可能放過他啊！

泰昊道：「我們的誕生一本同源。出生，即為了互相吞噬，這是上天給予我們的本能。泰山之神即為主神，而主神的神位只有一個，我們所有出生的兄弟，都是為了同一個目的。我和你，是競爭的關係，有你沒我，有我沒你。我一直盡力忍耐吞噬你的欲望，但天地命運卻由天道決定，這根本不是我能控制的問題。

「由於主神不完整，只要你存在的一天，天道之下世界的運行規則就會有所缺失，我沒辦法修補，天道也同樣無能為力。所以我將你投入輪迴，希望能稍微拖延一些時間，可是沒用。後來我就嘗試用『我的兒子』這個身分幫你定義，一旦成功，說不定天道會認定你是我的繼任者，這樣我們之間的競爭關係就不會像現在這麼緊迫，我也不會被認定是『缺失的主神』，可以將我們之間的矛盾延後一些。可是現在看來，效果不太好。

「這個世界的規則缺失造成了很多問題，首當其衝的就是所有的神仙在我吞噬舊神之後，停止了繁衍。但多數神仙並不知道是我神格不完整所致，只模模糊糊知道我的力量不足是這一切的罪魁禍首，所以我最近有點忙，正在處理這些事情。」

雲泰清：「……所以說……我真的是神仙不孕不育的罪魁禍首?!」

泰昊看著他糾結的表情，露出一個淡淡的笑容，「你不必為難，神仙的壽命十分長久，他們會有辦法解決的，即使沒有也能等到我卸任，你放心吧。」

雲泰清點了點頭，突然恍悟過來：「原來你可以卸任的嗎?上一任的主神也沒有卸任啊!他明明是被你吃……」

他還記得舊神憤怒的吼叫：「為了這個世界奉獻了一切的人是誰?是我啊!你們居然如此輕易地放棄我!無知之人!無知之人!你們懂什麼!誰也不能代替我!我才是真正的主神——」

泰昊道：「這不是你需要關心的問題。你還有其他疑問嗎？要是沒有的話，我得回去了。最近的事情有點多。」

他嘴上問著，身體卻已經動身。雲泰清一把攔住了他，將他推回書案後坐下，拿起那把他交給黑鶩的刀，放在他手中。

「最後一個問題。這把刀——是怎麼回事？」

泰昊的手被他強行拉開，放在那把刀上。然後雲泰清看見了他的手。

剛才因為角度問題，他只注意到了他手指上的扳指。此時，他卻清清楚楚地看到，泰昊的左手小指處空無一物，只留下被利刃砍去的痕跡。

他突然失語，不由自主地顫抖起來。

他恨泰昊，也因為兄弟姐妹的死想與泰昊同歸於盡，但他卻從來都沒有想過真正傷害他！即使只是想想，他都覺得心痛難耐！

可是這根手指又是怎麼回事！

「你的手指……」

不對！不對不對！泰昊是主神，和其他的神仙完全不同，他的力量是他們無法想像地強大！怎麼可能有人能傷害到他！

「這是你做的？你到底做了什麼？為什麼要砍掉自己的手指？那根手指去哪裡了？你為什麼不能修復？」

雲泰清已經完全忘記了吞噬兄弟姐妹的仇恨，憤怒和驚恐充斥著他的胸膛。他恨自己怎麼這麼遲鈍！泰昊在他的面前坐了那麼久，他卻全然沒有注意到泰昊的缺失！

這根本不能被原諒！

不能原諒！

他突然理解了黑城和白麗的心情。如果是站在他們的角度，看著泰昊為了一隻不知名的小老鼠犧牲自己的身體、犧牲自己的健康，甚至犧牲自己的一切，他說什麼都要弄死那個人。親手將那人撕成碎片、碾成灰燼，讓他永不復生！

泰昊卻不如他那麼激動，摸了摸他的頭，輕聲道：「這是必然的犧牲。」他又將那把刀放進他的懷裡，「只是一根手指，並不是多大的問題。重要的是，接下來會發生一些事，我可能沒有時間來保護你，我希望你能記住我的話：無論發生什麼事，絕對、絕對不要讓這把刀離開你的身邊，你一定要保護好你自己。這就是對我最大的幫助了。」

幽都夜話

雲泰清緊抱著那把刀，感受到上面那一絲生機的波動。如此熟悉的波動，是屬於泰昊的力量，是泰昊的身體才會散發出來的氣息。

泰昊砍掉了自己的小指，做成了這把刀！

雲泰清抱著刀的手，顫抖得像一片風中的落葉，另外一隻手緊緊地拉住泰昊。他將頭顱靠在泰昊溫熱的胸口，無數複雜的情緒湧入心房，撐得他幾乎快要炸裂。他想說點什麼，任何話都行，但他一句話也說不出來。

泰昊輕輕地抱了抱他，隨即站了起來，將雲泰清推開，走了出去。

雲泰清彷彿沉入深淵，竟沒有絲毫的辦法令自己移動半步。

泰昊這次離開，不僅帶走了白久和白星，還帶走了冥醫，連一個守著雲泰清的人都沒留下。在雲泰清復活之後，從來都沒有發生過這樣的事情。

他知道一定發生了什麼大事，但他現在連一個可以問的人都沒有，他的身邊只剩下這個「須彌芥子」和手中那把用泰昊的手指所做成的刀。

而他就像以往一樣，只能被動地接受泰昊的照顧，對於泰昊所面對的一切艱難與困擾，全都一無所知。

雲泰清並不是言情小說中的女主角，不會在聽說他人有難的時候，毫無自知之明、愚蠢地衝進他自己完全無法掌控的戰場，那樣除了讓他變成一個只能感動自己的累贅之外，沒有任何好處。

所以他沒有試圖跑出去，而是乖乖地在「須彌芥子」裡鍛鍊身體，一點一點地讓這具身體恢復到應有的健康狀態。

等鍛鍊得差不多了，他才離開了「須彌芥子」。當然，他並沒有忘記那把刀，他將它連刀鞘一起掛在背後，用外套將它蓋住，這樣就算外面是夏天，也不太容易被發現。

雖然聽泰昊說過外面出了一些事，而且從泰昊的行為中看得出來，這件事恐怕不小。但雲泰清也沒想到，這件事會對他造成什麼影響。直到他踏出門的那一瞬間，他知道有什麼不對了。

原本整個世界都是熟悉的味道，但此時彷彿混進了一股極其不和諧的氣息。這股氣息糾纏在原本熟悉的味道上，存在感幼細如絲，卻如附骨之蛆般令人心生厭惡。雲泰清深吸了一口氣，想要感受一下，卻覺得全身上下都在排斥那氣息一樣，噁心得差點吐出來。

雲泰清覺得這股味道有點熟悉，似乎很久以前就曾糾纏過他，令他厭惡不已的氣息。

他在房間裡找了找，但卻什麼也沒發現。每個房間的味道都是一樣的，甚至他推開門走出去，或者拉開窗戶，聞到的都是一樣的味道。

「這到底是什麼？」

從「須彌芥子」裡出來，正是初春的一天。草地剛剛泛出青綠的嫩色，公寓門口的一棵柳樹也剛剛綻放出新的嫩芽。

一切都是那麼有活力——如果沒有那股如影隨形的腐爛惡臭的話。

雲泰清皺著眉頭站在那棵剛剛綻放出綠色的柳樹下，被絲絲縷縷的臭味弄得快要崩潰了。一個婦人拎著菜籃從他身邊走過，大概是他擋住了她的路，她發出一聲不滿的哼聲。

他順勢攔住她，誠懇地問道：「阿姨，不好意思打擾了，妳知不知道這股臭味是怎麼回事啊？」

婦人奇怪地看了他一眼，「臭味？哪裡有臭味？」

雲泰清：「……」

他又問了幾個人，卻發現根本就沒人聞到那股味道。

雲泰清走出社區，在城市裡轉了一圈，那股細細糾纏著他的味道絲毫沒有散去。他本來想著，一股味道而已，雖然噁心，但也不能把他怎麼樣。只是躲來躲去，卻發現根本無處可躲，就好像這個世界的每一個角落都已經被它強行占據，令人無法逃脫。

他覺得，這件事一定跟泰昊說的「接下來會發生的事」有關係，但現在他身邊無人可問，他也不願意為這一件小事就去打擾泰昊，只能努力忽視那股味道，回到張小明的租屋處。

雲泰清剛打開自己房間的門，就聽到「卡嚓」響了一聲，有人用鑰匙打開了大門，走了進來。

他驚訝地回頭，發現竟然是一個完全沒見過的年輕男子，大概三十歲左右，手裡拿著一串鑰匙，也十分吃驚地看著他。

在男子進來的瞬間，一股濃烈的臭氣撲面而來，有如實質般將他推出去半步，他靠在牆上，好險沒當場昏過去。

雲泰清不知道，原來一股味道也能如此輕易地殺人於無形！

張小明租的房子，是一間三十多坪的公寓，女房東為了尋找女兒積攢錢財，將屋內分成三個部分租出去。

張小明租了其中一間。另外一間租給朱紅悅，後來她搬走，那個房間就空下了。最後一間的房客，他從來都沒有見過。

可是現在這個人盯著他，好像他走進了他的地盤一樣。

雲泰清沒有時間探究對方的心情，那股臭味已經快把他殺了。他用力捂住鼻子，問：「你是誰呀？怎麼有這裡的鑰匙？」最重要的是，你怎麼那麼臭！

男子沒有被他嚇住，依然盯著他的臉說：「我是那個房間的房客，你是怎麼進來的？」

他的問題有點奇怪，雲泰清知道他大概是把自己當成擅闖的壞人了，於是緊捂著鼻子跟他打了招呼：「我叫張小明，請多關照……」接著趕緊進了自己的房門，迅速將他跟自己隔離開來。

雲泰清從門上的貓眼看出去，那名男子盯著他的房門看了許久，才收回目光，向最裡面的房間走去。

當男子的背影暴露在他的視線中時，他忽地倒抽了一口冷氣。

對方的背上，竟然趴著兩個血肉模糊的「人」！

那兩個「人」緊緊地掛在他的肩膀上，全身像被剝了皮一樣，絲毫看不出原貌，腳不沾地地被他拖著。被那麼沉重可怕的東西緊貼在身上，那個人卻似乎毫無所覺。

不知怎麼地，那兩個東西竟然隔著門都能感應到他的視線，倏地回頭看著他。不過因為它們實在太過血肉模糊，他沒有辦法分辨它們的表情，只能看出兩張露著慘白牙齒的血臉，大概正對他露出善意的笑容。

善意個屁！你們那樣，再善意也看起來很可怕好嗎！

年輕人進了他的房間，砰地把門關上。

而雲泰清傻呆地看著貓眼，拿起手機，撥出一個號碼。

他以為對方不會接，這個時候對方應該在一個沒有任何訊號的地方才對。

但他猜錯了。

那個人接了電話，不過訊號十分不好，裡面不停傳來滋滋啦啦的雜音，簡直要將他的聲音掩蓋過去。

「黑鷲？喂？能聽見嗎？」

「能聽見……滋滋……少爺您說……」

雲泰清將那個年輕人身上的事情說了一遍，重點形容了一下他身上的臭味，說完後才覺得這通電話似乎有點多餘，現在是非常時期，他們哪裡能派遣出人手來？

他自嘲地笑了笑。

結果，對方的回應讓他再次驚訝了。

黑鷲聽完他說的話，沉默了一下，說道：「少爺，這件事您想管就管……滋滋……但請注意，一定要保證自己的安全。如果您不想管，那……滋滋……就先放著，等我們解決完了這些事情，就會派人去處理……滋滋……」

雲泰清掛了電話，托著下巴發了半天的呆。

泰昊他們現在正在忙著他們自己的事情，況且他已經不想再靠別人了，眼睜睜地看著問題存在於面前，實在不是他的風格。

最重要的是，那名男子實在臭得天怒人怨，那股臭味簡直令人厭惡得一刻也不能忍耐，只要在那股臭味的環繞下，他就坐立不安，彷彿馬上會有什麼可怕的事情發生一樣。

雲泰清思考了一會，決定還是按照自己的方式來解決這個問題。

他敲響了男子的房門。

男子剛洗完澡，擦著頭髮過來開門，看見是雲泰清，臉上竟然沒有絲毫的意外。

「請進吧。」男子說完，轉身走了回去。他的背上依然掛著那兩個血肉模糊的人形。

雲泰清在他房間裡唯一的一張椅子上坐下，腳邊鋪滿了行李，好像這人剛剛從外面回來不久，裡面亂七八糟的東西擺了一地。他狀似無意地看了看那些東西，似乎都是登山用品，比如帳篷、應急燈、ＬＥＤ手電筒之類的。看來這人經常野外旅行，難怪經常見不到他的人影。

雲泰清清了清嗓子，裝作很和善的樣子問：「大哥你好，我在這裡住很久了，好像都沒見過你呢。」

聽到他的話，男子抬眼看了他一會，表情十分認真，讓雲泰清以為自己的臉上是不是有什麼東西，暴露了他的身分。

就在他快要忍不住時，男子開口道：「我住這裡已經很久了，也從來沒有見過你。」

雲泰清忽略了他言語中的探究，看著腳底下的這些東西，說：「原來你也喜歡出去旅行啊，這是剛剛旅遊回來？其實我也挺喜歡旅行的，不過後來因為工作的事，已經好幾年沒有出遠門了。以後要是出去玩，說不定我們能——」

他話還沒說完，男子突然從床邊站了起來。

「你在這裡裝什麼？」他盯著雲泰清，憤怒地說：「我就說在深山裡遇見的人不可信！怎麼可能會有那麼巧合的事情，在我需要的時候就有人來給我幫助，你果然是有目的的！說吧，你到底是要幹嘛？不要以為抓住我的把柄就可以讓我言聽計從了！大不了就去坐牢！」

哈？什麼？

這人到底在說什麼？

男子一站起來，高大的身材像山一樣壓了下來。雲泰清當然不會被他嚇到，只輕輕一笑，平靜地坐在那裡，看著他激動的表演。

男子發洩完激動的心情，又頹然坐下，抱著頭，渾身顫抖。他身後那兩個血肉模糊的東西從他背後露出頭來，又衝雲泰清和善地一笑，特別有禮貌。

剛才被臭味熏得有點暈了，這時又仔細感覺了一下，雲泰清覺得男子身上的臭味不是從他身上散發出來，而是從什麼地方帶回來的。這麼濃重的味道，他一定去過這個味道的源頭。

雲泰清有一種強烈的預感，發出這個味道的東西一定是個巨大的威脅——是他從來都沒有想過的威脅。如果要找到味道的源頭，就需要依靠這名男子。

男子一直低著頭，好久之後才平靜下來，看著他說：「說吧，你到底想要什麼？我要怎麼做才能讓你不要跟著我？」

雲泰清呵呵笑了一聲，用手指點了點他。

「你好像不是很聰明呢。」男子露出暴怒的表情，雲泰清抬起手讓他別插嘴，「你把我當成誰了？你這次出去遇到了跟我長得差不多的人，對不對？你是在哪裡遇見他的？他對你做了什麼？」

他會把雲泰清錯認成那個人，那個人必定跟雲泰清長得一模一樣，最少也有八、九分相似，以至於他心神紊亂絲毫看不出區別。

根據男子背上背的那兩個血肉模糊的東西來推斷，這個相似的人，指的不是張小明，而是雲泰清。在被附身如此嚴重的情況下，他肯定看不見張小明的臉，只能看見雲泰清的靈魂。

雲泰清的靈魂和泰昊一本同源，所以他們兩個人長得十分相似。

但泰昊現在不在人間，不可能和一個凡人「巧遇」，那就一定有一個和他們相似的「第三人」。

他想起了被封在鐵箱裡的「雲泰清」。

以及，曾經被禁錮在泰山之下的泰昊。

如果有第三個人和他相似，無論是什麼情況，那一定……是一件非常糟糕的事情。

聽到雲泰清的話，男子露出了愕然的表情，他完全沒有想到雲泰清和那人竟然不是同一個人。

「怎麼可能！我明明就是見到你！雖然衣服很奇怪……」

雲泰清說：「我一直在這裡，這幾個月從來沒有離開過，你所遇見的那個人絕對不是我。但如果是跟我長得相似的人的話……你是在哪裡見到他的？」

聽到雲泰清說他不是那個人，男子坐直了身體，不著痕跡地向後退了一點，抱起雙臂，做出了防禦的姿態，連聲音都變得陰冷下來：「原來你不是那個人……很抱歉，是我弄錯了。我是在山裡迷路的時候遇見他的，他幫我指了路，然後我們就分開了。如果你要問我究竟是在何處遇到他的話，我也說不清楚，因為我當時迷路了。」

雲泰清笑了起來，這個人真是有趣，滿口的謊言。但他身後兩個血肉模糊的東西一直揮舞著手臂，拚命否定著他的每一句話。

不過它們兩個並不能說話，只能做出動作，而雲泰清又看不懂它們的手勢，只覺得有點搞笑。

雲泰清沒時間跟他套話，既然男子這麼說，他也沒辦法，點了點頭，站起來走了出去。

雲泰清又打了通電話給黑鴦。

這回電話接通得很慢，黑鴦在那邊氣喘吁吁地接起電話，電話中沒有了滋滋的雜音，卻多了很多乒乒乓乓武器交擊的聲音。

「少……少爺……？」

雲泰清有些驚異地問：「你在那邊幹什麼？參加黑幫火拚嗎？」

有幾聲慘叫逐漸遠去，黑鴦的聲音比剛才稍微好了一點。

「沒事、沒事，少爺，打電話是有什麼事嗎？」

雲泰清說：「沒事就不能找你？你在忙什麼？我能不能一起去玩？」

黑鷲苦笑道：「少爺，您就不要再開我的玩笑了，您有什麼吩咐，直接說吧。」

雲泰清說：「你們都忙成這個樣子了，人間的浮游還有沒有剩下啊？我需要兩個人手。」

黑鷲沒有說話，接著雲泰清又聽見乒乒乓乓的打擊聲和詭異的呼嘯聲。黑鷲似乎跟某個人商量了什麼，對方高聲說了兩句，他又衝著電話說道：「少爺，不知您要兩個人幹什麼？」

雲泰清說：「我要威脅一個人類。」

黑鷲「哦」了一聲，就聽那邊又是一長串的呼嘯狂喝，以及他聲嘶力竭地吼著什麼的聲音，最後黑鷲喘著氣說：「好……好的，人馬上就派去找您。您稍等十分鐘。」

雲泰清：「……你們到底在幹嘛？說實話！我怎麼覺得那邊有點不對勁？泰昊呢？是不是泰昊出了什麼事？」

黑鷲的聲音都快哭出來了：「少爺，主子沒事，但再跟您通話我就要有事了！」

好吧，雲泰清也不再為難他，直接掛掉電話，回了房間，等著幫手來敲門。

不多不少等待了十分鐘，雲泰清正在沙發上發呆，卻沒有聽見敲門聲，只看見兩個黑衣男子從窗簾後的黑暗中撲了出來。

兩個人身上帶著濃厚的血腥味，衣服卻十分整潔，應該是換過了，但沒有時間清洗。他們從地上站了起來，看到雲泰清坐在一邊，又抱拳跪了下去。

「少爺！」兩個男人身材魁梧，聲如洪鐘，一張口就震得人耳朵嗡嗡作響。

雲泰清：「……」

雲泰清帶著兩位黑衣壯漢，走到那個年輕男子的房門前，再次敲響了他的門。

這次男子根本沒有理會他，雲泰清敲了一會之後回頭對其中一人做了個手勢。

那個壯漢後退一步，猛地向前，一腳將門踹開。

那個年輕男子一隻手拿著應急燈正要往背包裡塞，完全沒想到他們竟然用這麼粗暴的方式進門，一時愣在那裡，目瞪口呆地看著他們三個。

雲泰清走過去，讓兩位壯漢像抓小雞一樣把他拎了起來。

這個房間實在是太小了，滿地垃圾不說，現在又加上雲泰清和那兩位壯漢，空間簡直狹小得讓人受不了。

雲泰清跟他說：「剛才你的回答我沒有聽清楚，現在，希望你能清楚地告訴我：你在哪裡遇到那個人？他穿著什麼樣的衣服？是什麼樣的狀態？他和我真的一模一樣，還是有細微差別？」

男子緊抿著嘴唇，什麼也沒有說，臉上陰晴不定，不知在想些什麼。

雲泰清說：「我對於你身上背的人命沒有興趣，你究竟在哪座山裡殺了什麼人，我也不關心。我只關心你遇到的那個人，你老老實實告訴我，我們好聚好散，你要是不想說，我也有辦法強迫你開口——但我不建議你嘗試。」

當雲泰清說到殺人的時候，男子背後血肉模糊的人形激動得都快跳了起來了，對他又是揮手又是擺頭的，男子的眼睛也露出一絲凶狠的光芒，卻在他說出後面的話之後，逐漸地黯淡下去。

雲泰清說：「我給你三分鐘的時間，你自己好好把握。」

時間剛過了一半，雲泰清就見男子的額頭上正在一滴滴地泌出汗珠，他這才發現那兩位壯漢緊緊地扣著他的肩頸位置，只要稍一用力，就能讓人痛不欲生。

當三分鐘快到的時候，男子終於忍不住了，他忍不住尖叫起來：「我說我說！你讓他們把我放開！」

雲泰清向那兩個壯漢點了點頭，他們鬆了鬆手，男子彷彿劫後餘生般長嘆了一口氣。

「我是跟……朋友，一起去爬山。後來，出了點意外，朋友不見了。然後我覺得有點不舒服，想出來的時候，卻怎麼也找不到回去的路——我沒有說謊！那個時候我確實是迷路了！」

他迷路之後就在山裡亂逛，試圖尋找到一條出去的路，但無論怎麼找都未果，他只能在山中越走越深。

「你已經迷路了，怎麼知道自己越走越深？」

「根據方位啊！我們進山的時候就是在朝東走，要出去，就必須折回去往西。但回去的時候我發現西邊根本沒有路，只能曲折向南，走了很久之後，我才發現我還是在往東走。」

他身後那兩個血肉模糊的東西做著劃脖子的手勢，雲泰清看不太懂，卻能猜到，大概是因為某些緣故，他把這兩位朋友殺了，於是這兩位朋友怨氣不散，緊跟著他，讓他在山林中鬼打牆，沒辦法找到西行的道路，只能更加深入深山之中。

「後來發生了什麼事？」

後來，那男子開始無法分辨方向，他的食物早已沒有了，不過因為山裡氣候宜人，食物還算豐富，他勉強靠著各種小動物和昆蟲活了下來。

如果只是這樣，也許他多繞幾圈，也能從山的另一邊出來。不幸的是，某一天他在找路的時候驚到了一隻野豬，他慌不擇路地在山裡奔跑，看到一個小山洞，就拚命向裡面鑽。沒想到山洞不是平地，而是一個向下深入的大坑，他鑽進去時就直直滑落下去。

「我就是在那個洞裡，見到了你……不，那個人。」

根據男子的說法，那個人長著和雲泰清幾乎一模一樣的臉，只不過年紀稍小，頭髮長得驚人，如蓮花一般披散在周身。那個人穿著一身黑色的袍子，身邊圍繞著小小的蛇群。

小蛇群看到他的到來，氣勢洶洶地就要過來咬他，不過牠們實在太小了，看起來沒有什麼威懾力。

那個黑袍人招了招手，讓小蛇們退了回去。

接下來的話他說得很模糊，總之就是那個黑袍人問了他幾句話，覺得他的身體似乎有點不太對，就做了奇怪的手勢，他身上一直感覺到的那種強烈的壓迫感就驟然消失了。

在那個黑袍人的指點下，他找到了一條路，辛辛苦苦地爬了出去。

他一出來就找到了方向，走了兩天，就又回到了入山的那條路上。這次他沒有再迷路，順著那條路直接下山了。

雲泰清笑道：「什麼身體有點不對，是因為你殺死的朋友一直趴在你背上吧？因為他們怨念太深，所以才讓你遇到鬼打牆，沒有辦法下山。你說的那個黑袍人，他只是暫時化解了那兩個鬼魂的怨氣，你才能成功找到出去的路。不過他的手法有點稚嫩，沒有完全成功，所以那兩個鬼還在你背上趴著呢。」

男子驚異地看著雲泰清，突然恍悟了什麼，憤怒地說：「我就知道！我就知道你是他！你明明什麼都知道，為什麼還要耍我！」

男子說著，不由自主地想向雲泰清撲過來，卻被那兩個壯漢強行壓了下去。

雲泰清說：「我沒有必要跟你解釋那麼多，現在告訴我，你說的那座山是什麼山？你是從哪裡入山的？」

男子又痛得萎靡下來，乖乖回答了雲泰清的問題。

那裡，正是泰山山脈。

雲泰清和泰昊出生的地方。

雲泰清找到了泰山的山脈圖，讓男子指出山洞的位置。

男子叫道：「我都說了！我迷路了！根本就不知道那是哪裡！」

雲泰清頭也不抬地說：「你放心，我沒空去查看你那兩個朋友的墳墓，但如果你硬要逼我，你背上的兩位朋友會很樂意為我指路的。」

男子打了個寒顫，回頭看看，什麼也沒看到。最後他摸摸脖子，終於頹喪下來，開始盡心盡力地在地圖上描畫。

雲泰清沒有告訴他的是，他身上的死氣實在太強烈了，他大概做了太多天怒人怨的事情，以至於那兩個鬼魂明明已經消解了怨氣，卻還能纏著他。雲泰清根本不需要自己做什麼，只需要再等一、兩個月，他的命數就會結束了。

第八章

Y U T O Y A W A

黑鷲派來的那兩位壯漢，一個叫黑鷹，一個叫黑瞿。

這兩位對於雲泰清非要去山裡找死的行為表示極度不解。

「少爺，那座山是禁區，我們也無法輕易進去的。如果您非要進去的話，建議您還是等等吧。等黑鷲浮見把事情處理完，由他請示主子同意之後，我們再陪您去……」

兩人輪番上陣、苦口婆心，幾乎快要跪下來央告哀求了。然而雲泰清沒有絲毫心軟，嚴酷地拒絕了他們的請求。

雲泰清說：「不去也行，那你們告訴我，泰昊和黑鷲他們到底是去幹什麼了？我打電話給黑鷲的時候，那邊的聲音是怎麼回事？他們是在戰場上？」

他們沉默了。

雲泰清知道自己猜對了。泰昊之所以突然一反常態，跑來跟他解釋那麼多的事情，除了幾個比較重要的問題，其他基本上是有問必答，他想要知道的事情，泰昊都說了。

這不正常。

泰昊一定是在隱瞞他一些更重要的事情，所以將這些小事拋出來吸引他的注意力，讓他不要再繼續追究。

這股惡臭所代表的意涵，撥動了他心底最深處埋藏的記憶。他有一個猜測，所以必須去那裡一趟，確認事情是不是跟他想的一樣。如果是的話，黑鶩他們那邊所發生的事情也可以解釋了。

可惜的是，泰山山脈全部是禁區，雲泰清只能接受黑鷹和黑瞿的建議，先透過躍洞到達泰山山脈附近，然後坐了一天的汽車，接著坐上了搖搖晃晃的牛車，在坑坑窪窪的田間走了兩天，最後終於到達了男子所說的小村莊。

跟在夢中時候的不太一樣，越往這邊靠近，他明顯能感覺到精力越來越好。雖然乘坐牛車不是很舒適，但意外地也不覺得難受。雖然那股惡臭仍然如影隨形，甚至比之前更加濃烈，但還在能夠忍受的範圍之內，他只能盡力忽略。

後面進入深山的路更加崎嶇，他們只能放棄一切交通工具，用雙腿步行。

他們當然並不完全相信那個男子畫的地圖，但是大致的方向是正確的，因為朝著這條路線走下去，雲泰清能感覺到那股惡臭正在慢慢地變得更加濃烈。

雲泰清一邊走，一邊問黑鷹：「你們能聞到這股臭味嗎？」

他和黑瞿都搖了搖頭。

意料中的事。

這股臭氣好像只有他一個人能聞得到，這讓他更加確定了心中的猜測。

他們走了幾天，所幸他們三人只需要休息，並不需要飲食，因此速度比預計快上許多。

最後，他們終於抵達了他「夢境」中所見的那座山谷。

雲泰清順著越來越濃烈的味道一直往前，穿過幽深茂密的森林，走到了漆黑的山壁之下，撥開旁邊的草葉，露出一個洞口。

他看著那個洞口，一股股惡臭從洞中撲面而來，味道濃烈刺鼻，令人恨不得掩面而逃。

但他不能逃。

黑鷹和黑瞿看雲泰清站在那裡一動不動，便走過來在他身後輕輕地問道：「少爺，我們回去吧。這個地方是禁區中的禁區，我們是絕對不被允許進去的，拜託您……」

雲泰清抬步就要往那個洞口走，他們兩個一人一邊，緊緊地抓住了他的臂膀。

「少爺！不能進去！」黑鷹用極重的語氣說，「在外面看看也就算了，您絕對不能進去！」

雲泰清說：「我來就是為了這件事，你們說什麼都沒用。不要浪費口舌了。」

他輕輕一扯，本以為能掙開他們的束縛，沒想到卻一動都不能動。他轉手便亮出了泰昊給他的那把刀。

「你們別攔著我了，如果真要動手的話，我是不會客氣的。」

他們兩個聽完卻紋絲不動。雲泰清將刀在手中轉了個刀花，隨即向他們兩人的手臂砍去。這一擊氣勢驚人，毫不猶豫，他們大概沒想到雲泰清會真的動手，不由得大驚失色，身體猛然後退，離得更近的黑鷹甚至翻了兩個後空翻，才勉強避過他手中的刀。

一見他們後退，雲泰清順勢收刀，轉身就要往洞裡爬去，卻在剛剛接觸到洞口的時候，身上的手機彷彿失火的警鈴一般，高亢地尖叫起來。

在進入山區的第一天，手機就失去了訊號，現在早已經沒電關機了。但手機確確實實地響著，而且不是他設定的鈴聲，是刺耳的尖叫。

雲泰清一點也不想接，但黑鷹卻彷彿找到了救命稻草一般，連滾帶爬地撲到他身邊，急急忙忙掏出手機，按下接聽。

泰昊的聲音從電話那邊沉穩地傳了過來：「泰清，你要幹什麼？」

雲泰清說：「你不要管這件事，我自己處理。」

泰昊靜默了一秒鐘，雲泰清聽到電話中傳來了他的氣音，他想泰昊大概是深吸了一口氣，好抑制住親手掐死他的衝動。

「我說過很多遍了，告訴你那些事不是讓你去送死的。你乖乖回去，把這裡的事忘掉。如果你一定要一意孤行，我不介意親自動手。」

泰昊從來沒有對雲泰清說過這麼重的話，可見這次是真的生氣了。不過因為他實在無法抽身出來管雲泰清，只能用這種不痛不癢的威脅手段了。

但雲泰清是那種害怕威脅的人嗎？

「泰昊啊……」雲泰清說：「你知道，我就是這樣的人呢。」

雲泰清把自己的命運交給別人太久的時間，以至於他都忘了他自己就是這樣不撞南牆不回頭的傻子。

「再見，如果我活著回來，麻煩手下留情。」

說罷，他伸手掛掉電話。

泰昊在電話裡僅僅遺留了一聲怒吼：「泰清！」他的聲音沉鬱而尖銳，音調中含著雷霆之怒。但也只是殘留的一點點聲音，很快就消失在空氣中。

在泰昊吼出他名字的同時，一道閃光掠過，一連串驚天動地的霹靂在頭頂上炸開，震得他們三人跌落在地。天空中的烏雲如濃煙般滾動，飛快地互相推擠著，占領了最後一丁點藍天，緊接著便下起瓢潑大雨，彷彿有人在天空之上開閘洩洪，水幕瞬間占領了目力所及的所有空間。

只是瞬間，雲泰清身上就濕透了。那支手機在與泰昊斷開聯繫後也失去作用，雲泰清將它摔在地上，眼看著它成為碎片，然後在黑鷹和黑瞿還沒有反應過來之前鑽進了那個山洞。

洞口很滑，這是雲泰清的第一感覺。就好像曾經有巨大的蛇在這裡前進一般，將洞口磨得異常平滑。他一時穩不住身形，直接跌落了下去。

身體撞擊在岩石地面時發出的聲音十分嚇人。雲泰清跌落時全身都震了幾下，眼前一片漆黑。

可是他現在沒有時間沉浸在黑暗中，只停頓了幾秒，便搖搖晃晃地站了起來。

雲泰清扶著岩壁，用昏花的眼睛四處觀看。因為光線昏暗，只能看到某處有一個熟悉的黑色影子，長長的頭髮、纖細的身體、黑色的外袍，還有身邊無數的小動物。

就像「夢境」中看到年輕時的泰昊一模一樣。

他努力眨了眨眼睛，等眼前令人不適的昏花慢慢褪去，才勉強看清楚眼前的人。

那不是泰昊。

雖然雲泰清、泰昊和眼前這個人長得很像，但眼前這個青年明顯比雲泰清在「夢境」中見到的泰昊要大得許多。

他不是泰昊。

雲泰清不需要證據，只需要看一眼，就知道他不是。

他看雲泰清的眼神無比冰冷，沒有半點溫情；他身邊的小動物也不是老鼠，而是無數大大小小的蛇。

看到雲泰清掉下來的時候，他猛地站了起來。

「你是舊神?!」年輕的新神厲聲質問。

雲泰清和泰昊說起曾經的舊神之時，都毫無自覺地將之視為敵人。雲泰清覺得舊神就是個早該死去的累贅，不應該繼續拖累泰昊。

但現在，他們在眼前這個年輕的新神口中，也已經成為了「舊神」，變成了他們曾經滿懷恨意的存在。

心情有點微妙呢。

雲泰清搖了搖頭，道：「仔細看清楚，我是誰？」

雲泰清向前走了兩步，那些大大小小的蛇也向前遊動，衝他露出威脅的利齒。

他傲然而立，心中絲毫不慌——個屁！他超怕好嗎！老鼠對蛇的恐懼與生俱來啊！他只是一隻無辜的老鼠啊！

但是他不能表露他的恐懼，只要他稍微露出一點害怕的意思，馬上就會被眼前這個「孩子」徹底吞噬。

年輕的新神仔細地看了看他，臉上果然露出了疑惑猶豫的表情，整個人的氣勢頓時柔和下來，「雖然感覺很像……不……你的力量實在是太弱了，和他根本不可同日而語。你是誰？舊神的分身嗎？」

雲泰清摸摸下巴，繞著他和蛇群慢慢地轉圈。一人和群蛇的目光就跟著他慢慢地旋轉，這種萬眾矚目的感覺……尤其大部分觀眾還是蛇的時候，感覺真是有點可怕呢。

「你要說分身的話，也可以吧。」雲泰清本來就是泰昊的一部分，不過因為一些意外，才被獨立出來，「我說，你出生多久了？」

那孩子道：「這六百多年來，你們每年都會派人來修復封印，將我死死地關押在這個不見天日的地方，你居然還問我出生了多少年？」

新神哼了一聲，努力做出十分高傲的樣子。

雲泰清本能地嚥了嚥口水。

盡管臭味如影隨形，但是對於新神的排斥，對於力量的期盼，讓他強烈地感覺到對眼前這個孩子的渴望。

他想吃了他。

他想把他的力量據為己有。

曾經的舊神，也是這樣嗎？

他一邊慢慢地走著，一邊看著那孩子懵懂的模樣，雲泰清終於確定了，原來泰昊也做了和曾經的舊神同樣的事。不過，時間才過了六百多年，這個孩子看起來已經二十多歲了，對他身邊的蛇群也沒有必須吞噬的欲望，可見泰昊並沒有把事情做絕——他也許封印了新神，卻沒有像曾經的舊神一樣喪心病狂地吸收他的神力。

雲泰清神情複雜地看著年輕的新神，但腳下不停，背在身後的手隱隱刺痛，他努力忽略疼痛的存在，只默默地隱藏他真正要做的事情。

「原來，你已經六百歲了啊。還真是……挺年輕的。」對於一個神來說是挺年輕。新神實在太單純了，剛才還對雲泰清嚴陣以待，這會雲泰清誇了他幾句，便頓時拋開全部戒備，笑得像個孩子。

雲泰清也只能笑笑。

六百多年前，正是「泰清」從碧霞元君體內被迫出生的時候。

泰昊想要雲泰清變成他的兒子，成為他的繼承人，讓他們不再是你死我活的存在。但泰昊是主神，他的一個念頭，就讓天道抓住了機會；也或者，那些不孕不育的神仙再也等不了了，以至於讓天道在泰山之下、世界氣運匯集之處，誕生了新的神祇。

新的神祇出現得太早了。這原本應該是幾億年之後的事情，卻現在就開始了泰昊的死亡倒數計時。

泰昊不打算死去，卻又做不出原來舊神那麼喪心病狂的事情，只能將這位新的神祇封印，減弱他吸收氣運的能力，拖延他取代自己的時間。

雲泰清不知道是因為自己缺失的靈魂已經回到體內，作為一個神魂完整的主神分身，才察覺到那股熟悉的臭氣；還是泰昊受到了攻擊，以至於對新神的禁錮出了問題，所以才會讓他發現新神的存在。

不管是哪一種，那些該死的神靈都是罪魁禍首。

那些無法繁育的神仙怎麼能等到泰昊願意交替的那一天呢？因為泰昊和雲泰清沒有合二為一，造成了規則的缺失，現在發現了新的主神出現，他們自然欣喜若狂，恨不得立刻扶持新的主神登基上位，將泰昊這個討厭的舊神狠狠打落深淵。

其實神和仙是不同的。比如碧霞元君，她是天地蘊生的產物，不可能由人升位，她的出生就是天地運行的結果，和人或其他的生物沒有任何關係。而在張家黑金大陣中的仙女，她們的原身卻是人，或者妖怪，或者其他什麼，經由修煉終於得登大道——但這是她們所能爬到的最高的位置了。

由於神的特殊性，他們的數量本來就不多，現在又因為泰昊不願意吞噬雲泰清，以至於規則缺失，讓天地失去了繁育神的能力。

以前舊神還存在的時候，他們根本不在乎這件事，誰成為主神和他們根本沒有關係。所以泰昊就算被關押、被虐待、被踐踏也無人理會。可是現在，缺失的規則影響了他們，所以他們不由分說地要讓完整的新神取代泰昊。

現在的泰昊，只怕正陷入一場曠日持久的爭戰中。而這場戰爭的目的，就是要泰昊退位，讓新的主神執掌世界的規則，修補規則缺失而導致的問題。

這才不是上位和退位之爭，而是生存與死亡的對決。這場戰爭也許很長久，而最終的結局卻早已被刻在了命運之軌上——舊神死，新神生。並沒有其他可能。

這就是更新換代的交替，是生命無限的輪迴。

「喂！你到底是來幹嘛的！你怎麼不說話呀？」那孩子問，「你們這些修復封印的人真是太奇怪了，怎麼總是不和我說話呢？其實你們經常來也沒關係的……我這些兄弟都不會說話，你們和我說一句話也行啊。」

褪去了那股本能的敵意之後，這孩子看向他的眼神十分清澈，就像當初的泰昊一樣。

呆呆的，傻傻的，單純的，明淨的，什麼也不知道。

雲泰清彷彿看到了那個小小的泰昊，被人強橫地剝削、狠毒地壓迫，卻從來沒有因為自己悲慘的命運而低頭悲傷，只會為那愁苦中偶爾的一點歡喜而微笑。

他的腳頓了一下。但很快，就將那些全然拋到了腦後。

他不是泰昊。

他不是泰昊。

他不是泰昊。

雲泰清動了動唇角，露出一個非常難看的笑容。

「你叫什麼名字？」他問。然後意識到自己問錯了問題。

不過年輕的新神沒有意識到這一點，雲泰清就多說了這麼一句話，新主神就明顯地高興起來。

「名字？我沒有名字！我知道，你們外面的人都有名字對不對？舊神叫什麼名字，你知道嗎？」

剛出生的神祇，並沒有自己的名字。在登位之後，他們會有自己的身分，比如中天紫微大帝、東嶽大帝、泰山府君。但這些都不是真名。

主神沒有真名。

那麼，泰昊的名字，又是從何而來？他想起了「夢境」中自己對小小的泰昊的稱呼，難道那不完全是夢？

直到現在，能稱呼他這個名字的人，也就只有雲泰清一個而已。

「他叫……」雲泰清頓了一下，「他叫……泰山。」

不知道為什麼，他一點也不想把泰昊的名字告訴他。

新主神露出了歡喜的笑容，「原來，舊神的名字叫『泰山』啊。居然能知道舊神的真名，真是太好了！」

這話聽起來怎麼就那麼詭異呢？

雲泰清皺眉道：「你能不能不要一直喊舊神啊！」好像泰昊馬上就會被這個世界拋棄，成為淘汰品一般。

新主神呵呵地笑了，「習慣了，呵呵……對了，你是來幹什麼的呢？其他人來的時候，都是修補封印，你來了這麼長時間，也不修補封印，就繞著我轉，你在看什麼呢？」

雲泰清說：「我看你……真的和他長得很像。」和自己也很像。

年輕的新神好像聽到了他的心聲一般，同時說道：「你也和我很像啊。你不是他的分身嗎？我是他的繼任者，當然和他一樣了。」

明明新神說的是實話，但在聽到「繼任者」時，雲泰清心中一陣煩躁：泰昊親口承認的繼任者只有我！你根本就不該出生！

雲泰清厭恨地看著新神，眼中的惡意幾乎化為了實質。

那孩子只是單純，卻不傻。看著雲泰清的情緒越來越詭異，他也安靜了下來。

「你來……不是為了什麼好事，對嗎？」新神輕輕地說。

雲泰清一腳踏在了陣勢的最後一步，長出了一口氣，說：「你說對了。」

就算新神很無辜、很可憐，那又怎麼樣？新神身上那股熟悉的臭氣，就和之前一直奪取泰昊力量的那個舊神一樣。

雲泰清腳下猛地一踏，整個世界都發出了痛苦的呻吟。古老的陣法一陣轟鳴，他們腳下的地面震動起來，目力所見之處，所有的石壁都被繁複的花紋照得雪亮，金色的符文旋轉起來，繞著那孩子和他身邊的蛇群變成了銅牆鐵壁一般的光芒。

那些可憐的蛇群根本就沒有還手之力，在符文出現的同時，就已經蒸發為金色的流星。

那孩子見此情此景，發出一聲尖叫，試圖向雲泰清撲過來，但他的攻擊對那些符文毫無作用。他只掙扎了幾下，就像曾經的泰昊一樣，倒在地上，緊緊地抱著自己，全身蜷縮成一團。

他身上的皮膚彷彿驟然被無數利刃劃傷，又像是被裡面的力量強行衝破，開始從傷口向外流淌鮮血。他的血液是金色的，像黃金流淌的小溪又逐漸匯成大河，無數氣運從他的血液中流竄出來，進入符咒之中。

和泰昊的經歷一模一樣。

不過這一次，那些金色的氣運是順著符文的方向濃稠地流動，美妙地閃著光芒，流入了雲泰清的體內。

當它們進入雲泰清身體時，一股難以言喻的酣暢之感從腳底升到頭頂，令人飄飄欲仙。他彷彿膨脹成了整個世界，天地萬物都在他的手中，生命的運行就在他腳下，他只需輕輕跺腳，便可決定那些螻蟻的生死。

多滿足啊！難怪曾經的舊神會如此殘忍。這種感覺確實太美好了，只要稍稍沉迷，就會被它徹底俘虜。

而他們的腳下，正是舊神曾經剝削泰昊神力時留下的陣法。

所以說，雲泰清就該是為泰昊而生，不管繞了多少圈子，最終所做的一切依舊會歸於泰昊。

剛才在圍繞著新神走動時，雲泰清放在背後的手上一直掐著咒訣，並割開了自己的腕脈，從身後將帶著靈魂之力的血液流淌在地上，修復著這可以吞噬新神的法陣。

這個石窟中的味道實在太重了，他自己聞不到血液的味道，而這孩子也聞不到。

那孩子一邊被大陣吸取著力量，一邊還不停地在尖叫：「你殺了我的兄弟姐妹！你殺了我的兄弟姐妹！你怎麼能這麼做！你怎麼敢這麼做！你還我的兄弟姐妹！你還我的兄弟姐妹啊！」

那尖叫聲實在太過刺耳，也或者這正好戳到了雲泰清心中未曾痊癒的傷口，他忍不住捏緊了手，彷彿又瞬間回到了自己無能為力的時候。不過失神也就那一瞬間，他立刻收回心神，穩穩地接收著新神辛苦積攢的能量。

他沒有多餘的心去同情對方。

現在雲泰清所擁有的感情，只屬於一個人。他所擁有的一切，也只會交給一個人。

那個人並不是新神。

當將新神所有的大道氣運吞噬之後，地面上晶亮的符文和金色的血液也隨即消失。

那孩子蜷縮在陣法中央，二十多歲的身體已經縮成了一個四、五歲的孩子。

雲泰清的體內充盈著過分飽脹的力量，世間的一切對他而言都不再是問題，也不再是障礙。

他走過去，將那孩子抓了起來。新神仇恨地看著他，那股恨意讓他微微恍神，彷彿看到了泰昊正在仇視著他。

不過他很快清醒過來，將新神輕輕抱在懷裡。新神拚命掙扎，但他的身體環繞著一層淡淡的金氣，新神現在的身體卻十分柔弱，沒有絲毫的戰鬥力，一切的掙扎不過是白費力氣罷了。

「你的兄弟姐妹還會再有的。」因為他還沒長大，也不夠強大，沒有能和泰昊抗衡的力量。所以天道會讓這裡繼續誕生出新的主神，或者更多的幼小個體，等待著他們互相吞噬，「我給你兩個選擇。」

新神什麼也做不了，只能用眼神瞪著他，但那對他並沒有什麼用處。

「一，是我現在就殺了你，把你吞噬。反正這裡會有新的主神，舊神的繼承者總會誕生。但也許下一個主神會比你更強大，所以我並不想那麼做。不過如果你硬要逼我，我也無所謂。」

從前的舊神只怕也是因為這個原因，殺不得，毀不掉，以至於拿泰昊沒有辦法，只能用吸取氣運的方式來阻止他的成長。

「另外一個，是你和我融合，我盡量保存你的意識，也許有一天，你能成功奪取我的意識，反過來將我吞噬。我覺得這是一個很不錯的交易。」

新神緊緊地抓著他的衣服，彷彿脆弱地尋求保護，又或者恨不得他連同衣服一起被自己撕碎。新神無力地尖叫道：「憑什麼要我和你融合！你以為我是傻子嗎！被你融合了，我又怎麼可能還存有意識！」

雲泰清說：「那也行，我吞噬了你，也省得麻煩。」

融合和吞噬，結果看起來都差不多。

雲泰清掐著新神的脖子將他提了起來，小小的身子在他手中就像一個娃娃一樣，隨手一晃，就能隨風飄動。

新神拚命地撥動著他的手，妄圖逃得一絲生機。但現在他的大部分力量都在雲泰清的體內，雲泰清要對付他根本不成問題。

新主神掙扎了一會，終於認輸地垂下了雙手，眼睛祈求地望向雲泰清，眼角泌出幾滴淚來。

雲泰清將他放了下來，問：「你決定好了嗎？」

新神點了點頭，小小的身軀縮成一團，看起來十分可憐。

雲泰清卻不是那種富有同情心的人。

他抓起了新神，將他摟在懷中。

那孩子在他懷中發出了一聲啜泣，然後身體開始發出混合著金白色的光芒，慢慢化作光點。他的身體逐漸消失，黑色的長袍失去了支撐，跌落在地，又像水一般融入了地面。

那些光點不像新神一樣對雲泰清有強烈的排斥。它們舞蹈著、歡笑著、轉圈著，像一群快樂的螢火蟲一般，鑽進他的體內，融進他的靈魂，修補他的血肉。

無數的規則碎片瘋狂地隨之湧入他的體內，鍛造他靈魂的強度，為他強行增加本不應擁有的力量。

然後，他清晰地感受到了因果的枷鎖套在了他的脖子上。

因果向來是最可怕的東西，聚沙成塔，集腋成裘，你甚至都沒有找到敵人，就可能已經命喪黃泉。

因緣會遇時，業報還自受。

這就是他所害怕的、一直躲避的，卻最終沒能逃過的因果啊！

就像曾經的舊神虐待並壓迫小小的泰昊，就注定了他將被衝出樊籠的泰昊殘忍吞噬。

就像泰昊違背天道命運，不肯吞噬雲泰清，就注定了他無限的痛苦和短暫的生命。

違背天道的行為，令雲泰清背上了這個世界最沉重的因果。

但是雲泰清不後悔。

因為他接下來要做的事情，就是替泰昊好好教訓那些不知好歹的神靈！

第九章

Y U T O Y A W A

那場氣勢驚人的暴雨依然未停，天地間彷彿掛著白色的布幕，將遠處的一切都隔絕到了另外一個世界。一些地勢低窪之處已經開始匯集驚人的洪流，夾雜著混濁的泥水，等待需要的時刻便衝出壁障，侵襲目力所及的一切。

雲泰清躍出洞口，懸空飄浮在洞外的草叢上方。那些雨簾在觸碰到他身體之前就被瞬間蒸乾，沒有一滴落在他的身上。

黑鷹和黑瞿一坐一跪，渾身濕漉漉的，頭上的水如同開閘的洪流般向下流淌。他們努力用樹枝挖著地上的土，已經挖出了一個很深的坑洞，不過雨勢實在是太大了，很快就在坑中積蓄出了足以淹死一個人的水量。他們絲毫沒有發現雲泰清出現，就這樣不停地挖著。

雲泰清問：「你們在幹嘛？」

但是雨聲實在太大了，他們根本沒有聽到他的聲音。

雲泰清無奈地抬頭看了看天，「太礙事了。」

猛烈敲打著世間萬物的大暴雨就像被按下暫停，突地停了下來，天空的烏雲互相推擠著，就和它們突然出現一般，又突然席捲而去。明媚的陽光隨即鋪撒下來，在水跡未乾的樹葉和青草上反射出奪目的光芒。

黑鷹和黑瞿終於停了下來，看到他的時候立刻甩掉了手中的樹枝，撲跪到他面前。

「少爺！您沒事！」

黑鷹激動得聲音都有點變調了。經常一言不發的黑瞿也緊緊拉住了他的褲子。

「你們挖那個洞幹嘛？」雲泰清不解地問。

黑鷹道：「您跌進去的那個山洞，我們根本進不去，所以嘗試著想從別的路進去。」

雲泰清想想跌進去時的深淵，再看看他們挖出來的可憐小坑，忍不住一邊啼笑皆非，一邊又覺得他們有點可憐。

他拍拍他們的腦袋說：「你們自己都說了，這裡是禁區中的禁區，洞口被封禁了，難道還能留下別的出入口？」

黑鷹無言以對。

黑瞿看了看他，突然開口道：「少爺……您看起來，好像有點怪。」

這還是黑瞿第一次主動跟他講話，雲泰清詫異地看著他，他卻彷彿不敢看他一般，又低下頭去。雲泰清看向黑鷹，他也同樣低下了頭。不是有意躲避，而是不由自主地崇敬，就像對待泰昊一樣。

雲泰清笑了笑，問：「我現在看起來，是不是和泰昊有點像？」

他作為雲泰清，和泰昊是很像的。

不過再怎麼像，泰昊也是一位睥睨萬界的主神。而他……他也不知道自己算什麼東西。他們兩個看起來相似，在泰昊的下屬眼中，卻絕無絲毫弄錯的可能。

可是雲泰清吞噬了新神，幾乎獲得了新一任主神的力量──之所以是「幾乎」，是因為泰昊還沒死──這個時候，他看起來就和泰昊沒有什麼區別了。

黑鷹和黑瞿兩個傻眼了，也不知道該做什麼反應，汗液和剛才大雨留下的水跡順著額頭往下淌，眼神卻只敢看著雲泰清的鞋子，沒有之前那種唐突隨意的感覺。

內心深處傳來一聲冷哼，是新神的意識發出的聲音。新神的意識被雲泰清關在識海深處，卻能見他所見、聽他所想。

雲泰清在心中笑道：怎麼樣？這比被囚禁的日子好多了吧？這外面可比你知道的好玩呢。

新神沒有答話，不知是不是正在懊惱與憤恨，悄悄地沒有一絲聲音。

雲泰清在心中又道：你不答也沒關係，馬上就讓你欣賞一齣好戲。

新神彆彆扭扭地又哼了一聲。

雲泰清也不跟他囉嗦，伸出手指在虛空中輕點。在得到新神的力量之後，他只需要伸出手指，源源不斷的神力就會從體內湧出，在空中畫出一朵朵精巧的符文。

雲泰清只是幾近於新神，但他畢竟不是。更確切來說，他更類似於「假神」的存在，所以還是必須依靠符咒才使用力量。

十二個符文首尾相接，砰的一聲，化作一個黑色的洞口，洞口那一邊只能看到旋轉的氣流。這是升級版的躍洞。

雲泰清一腳踏了進去。

另一隻腳卻被黑鷹和黑瞿毫不猶豫地撲上來抱住了。

「少爺！您這是要去哪裡！」

「少爺！您這是要幹什麼！」

兩個人異口同聲。

雲泰清呵呵笑道：「我只是去接泰昊回來。」

黑鷹大聲道：「少爺！您不明白！主子那邊的情況——」

「我知道的。」雲泰清看著他們，說：「我知道的。」

他的身軀輕輕一震，他們二人便被彈了出去，狠狠撞在山壁上。雲泰清心中念頭一動，整個山體驟然晃動，發出驚人的轟隆聲，很快將他們壓制住，全身動彈不得。

「等我離開，你們身上的束縛就會解開的。」

說罷，雲泰清踏入黑洞之中。

「東嶽泰山天齊仁聖大帝！」無數的聲音尖叫著，「立刻束手就擒吧！新的主神已經出現！就讓我們將你送到新神手中，這天地規則方能完整！你明白的吧！明白我們的苦心吧！明白我們的痛苦吧！所以乖乖束手就擒吧！」

踏出躍洞的那一瞬間，千萬道聲音像約好了一樣，洶湧地撲向雲泰清的四肢百骸，他整個人都被音波轟炸得搖搖欲墜。

他踏出躍洞的地方，正是戰場的中央。

在一望無垠的虛空中，千萬神靈像繁星一般布滿整個空間。好像只要用那鋪天蓋地的氣勢，就能讓泰昊跪地求饒似的。但泰昊那些黑白浮游們，也正圍繞著他們的主子，嚴密地護持著泰昊的安全。

這裡是位於虛空之中的戰場，是用泰昊的神力製造出來的空間。在這裡不管發生什麼，都不會對現世造成影響。

當雲泰清到達的時候，他們正打得一片五光十色、星光璀璨，各種仙法神術如同密集的流星般電掣星馳，卻在那黑白如太極圖般的防禦陣中炸成毫無威脅的煙火。

看到如此情景，雲泰清忍不住在心裡吐槽：在這種情況下的黑鶖還能接到我打的電話？這也太魔幻了吧！

在這片空間的正中央，泰昊頭戴十二旒冕，黑色長髮高高挽入旒冕之中，身上穿著金線刺繡祥雲黑色袍服，腳踏黑色雲靴，面容冷淡，明明面對著強大的敵人，眉頭卻不曾皺一下，整個人彷彿是玉刻成的雕像，散發著冰冷的氣息。

他的雲靴之下踩著翻滾的五色煙塵，遠遠看去，那些煙塵好像有生命一般，盡管拚命掙扎，卻還是被他死死踩在腳下。他的注意力也只集中在腳下，而那些圍繞著他的神仙，對他而言彷彿是連看都不必看的塵埃。

在看到雲泰清的時候，泰昊突然皺起眉頭，整個人頓時鮮活了起來。

他的嘴唇動了動。

「泰——清——」

就算隔著很遠，雲泰清也能聽得到他口中發出的聲音。

好像有點可怕呢……

下一瞬間，雲泰清已經出現在泰昊的面前。這裡是泰昊製造的空間，也就和他自己製造的空間一樣，可以來去自如。

在落到泰昊面前時，雲泰清並沒有注意到被踩在泰昊腳下的五色煙塵，一腳就踩了上去，並抓住了泰昊的袖子。

他說：「汪！」

泰昊：「……」

在泰昊附近的白久和白星：「……」

周圍戰場星光絢爛，而他們身周兩百公尺內一片靜寂。

還是泰昊最先恢復了聲音，按著雲泰清的後頸，好像下一刻就要將他活活捏死，「泰清……你搞出這麼多事，就為了和我玩？現在？」

泰昊聲音低沉，旒冕幾乎碰到了雲泰清的臉上，眼神沉沉地看著他，好像只要雲泰清說「是」，他就會立刻讓他灰飛煙滅。

雲泰清：「……」

雲泰清說：「不是啊，我只是為了讓你不要追究我的過錯，所以先來裝傻一下而已。」

泰昊把他推到一邊，道：「跪下。」

意思是，等他忙完，再找雲泰清算帳。

可雲泰清不是真的來找泰昊玩的。

他沒理會泰昊的命令，低頭看看泰昊的腳下，緊緊地握住了他的一隻手。

泰昊把他推開，他又撲過去，死死地抓住泰昊那隻手，說什麼也不肯放開。

「你到底要幹什麼？」泰昊沉沉地問。

雲泰清反問他：「你到底要幹什麼？」

他們一同看向泰昊的腳下。

那些五色煙塵比剛才更加猖狂，翻滾著，如同重重狂浪的大海，彩色的光芒輕攏慢湧，奔湧傾洩，燦若錦繡。如果不知道它是什麼東西的話，雲泰清大概還會讚嘆一聲它的美麗。

「這是天道，對吧？」雲泰清說，「天道對你打破了它的規矩這一點非常不滿意，所以它縱容了諸神對你的挑釁，並且在這背後推波助瀾。如果我不來，你是不是打算帶著這些可憐的黑白浮游，獨自面對諸神和天道？」

泰昊是主神，是天道之下的「規則」。天道對於「規則」有它自己的定義，泰昊拒絕吸收雲泰清，便是拒絕了「規則」的完整性，進而造成「規則」有所缺失。

這讓天道的規矩被打亂了。

天道很憤怒。

要是讓泰昊一個人去面對天道，傾盡全力，也許可以得到一個好的結果。

要是讓泰昊一個人去面對諸神，稍微費點力氣，也能全部鎮壓。

但是天道和諸神聯手，要將泰昊置於死地。

泰昊明明能出手，卻一直站在這裡，讓他那些可憐的下屬與諸神對戰。那些黑白浮游對付人間的鬼怪和普通的小仙還可以，面對諸神卻是力不從心，無數下屬被攻擊擊中，蒸發汽化。但泰昊仍然站在那裡，踩著這片五彩祥雲，還是沒有動作。

因為泰昊正踩住了天道的命門，可憐的天道正在拚命地掙脫，只要被它掙脫，接下來泰昊面對的就是腹背受敵。

事情已經發展到了最壞的地步。

如果沒有其他援助，也許泰昊今天就會殞落在這裡，被新神吞噬，變成新的「規則」，從此消失。

可是雲泰清會讓那種事情發生嗎？

所以他要救泰昊。他必須成為泰昊的「力量」。

雲泰清舉起泰昊給他的那把刀，用新神的所有力量，死死地將泰昊的一隻手壓住。他的全身都散發著金色的光芒，從指尖開始，化作繁密的細小光點，就像新神被他融合時的模樣。

「你在幹什麼?!我給你這把刀不是為了讓你這麼做的！快住手！住手——你聽到了沒有！」

泰昊大怒，被雲泰清緊緊抓住的那隻手無法掙脫，便用另一掌向他擊去，打算將他擊昏過去。但雲泰清現在融合了新神，不再是他身邊那隻無能為力的小老鼠，怎麼可能這麼簡單就被他打昏。他伸掌與泰昊一對，二者相觸，發出錚然巨響。

巨大的氣流掀翻了他們身邊的大片浮游，但那些浮游很快又回到自己的位置，驚疑不定地抵抗著攻擊，一邊斜眼偷看他們的爭鬥。

「我知道你把刀給我的時候在想什麼。」雲泰清道，「你想把你的一部分給我，如果你真的死了，你就會想盡辦法回到我身邊，用這把刀，強行和我融合，讓我成為新的主神。

「可是你想過沒有，我不想要你和我融為一體。」

這是謊話，融為一體是他們的本能，無論是泰昊還是泰清，對合而為一都是本能的追求。但這也是真話。他不想泰昊成為他的一部分，因為他只希望泰昊能待在他身邊。

「我不想成為主神。」

所以，那些都不是雲泰清想要的。

雲泰清想要的，就是回歸泰昊。

雲泰清體內的新主神發出了一聲驚叫，雖然他盡量不去想雲泰清的計畫，但到了這個時候，他怎麼可能還不明白呢？

雲泰清想回歸成為泰昊的一部分，補完原本就應該完美的天道規則。可是他的神力嚴重缺失，甚至可以說，他的神力幾乎空白。因此泰昊缺少的並不只是他，還有因他的缺失而始終無法補足的那部分力量。

新神，就是他必須為泰昊攜帶回去的神力源泉。

新神在他體內拚命想要奪回控制權，然而那並沒有什麼作用。他只能在雲泰清的意識之海深處不停尖叫。

泰昊再次襲來，凌厲的掌風已經到了雲泰清胸口，就在他即將碰到雲泰清的一瞬間，雲泰清一刀插進了自己的側腰。

隨即，雲泰清的全身都化作了漫天的金色星光，變成海水中閃爍的浪花，最後如落地星斗般傾入泰昊的體內，與他緊密地融合在一起，修復這個世界的規則。

他的意識在新神的尖叫聲中，逐漸融合進了泰昊的體內。

現在……

他就是泰昊，泰昊就是他。

規則終於補完。世間缺失的那一塊，終於回到了原本應有的位置上。

他——或者說泰昊——的周身如同輕浪般，湧現出閃爍金光，光芒飛速旋轉，化作無數四射的璀璨星海。

出乎意料的，泰昊並沒有立刻投入戰鬥，而是陷入了極度的憤怒情緒。巨大的力量攜帶著主神的氣息撲天蓋地蜂擁而出，將這虛空之中灌滿凌厲鋒銳的神氣。

那些剛才還耀武揚威的諸神，頓時陷入了驚慌失措的恐懼之中。剛才還在他的意識中義正詞嚴指責泰昊的那些聲音，轉瞬間化作不斷的求饒之聲。

他們不明白究竟發生了什麼事，明明剛才規則還是缺失的，主神的力量還是不完整的，怎麼突然之間一切都變了？明明眼看就要推翻舊神，迎接新神，修補規則。如今卻是一朝翻盤，瞬間被打落谷底。

他能聽到他們後悔的謾罵、互相推卸責任，就好像這不是他們的錯，他們原本並沒有這樣想，他們每個人都是受天道欺騙，逼迫他們背叛敬愛的主神，加上「其他人」愚蠢的慫恿，才讓他們走入了錯誤的深淵。

他們是真的敬愛主神。他們是真的迫不得已。那些反反覆覆的話語，讓他幾乎笑出聲來。

他伸出手，下一刻，他就能將這些螻蟻捏在手心中統統化為灰燼。

雲泰清也不知道怎麼回事，現在的情況和他想像的有點不太一樣。

在這個時候他分明不該有意識的，他的意識就是泰昊的意識，他們是一體的。可現在他們似乎並沒有完全地合為一體，他們的想法能夠互通，但是雲泰清並不完全是泰昊，泰昊也並不完全是雲泰清，就好像兩個重疊的空間，你是你、我是我，可是他們又確實重合了。

這種似是而非的感覺十分奇妙。

就在泰昊即將出手時，雲泰清控制住了他的手，按住了他的攻勢。

——不能殺。

只是規則不全而已，諸神對主神的攻擊，自有因果來吞噬他們。

泰昊並不需要背負這些。

就像吞噬新神的因果套在了雲泰清自己的脖子上，等到有一天有什麼東西要懲罰泰昊的時候，只要泰昊將雲泰清捨棄，就能隨即捨棄雲泰清所背負的那部分因果。

但是，如果泰昊如今將這些諸神全部毀滅，那麼他所背負的因果就不是那麼簡單的一點點了，他會被這因果壓垮，終究會死在這上面。

就像曾經的舊神。舊神壓迫並剝削年輕的泰昊，虐待他，搶奪他的力量，讓他無法生長。那位舊神最終還是消亡於自己造的孽上，害死了他自己。

這就是因果。

就算泰昊終有一死，也不能死在這種蠢事上。

雲泰清辛辛苦苦把欺凌新神的因果強加在自己身上，就是為了保護泰昊。

他們現在的狀態，讓他只要心念一動，泰昊就能接收到他的想法。

主神的意識之海中依然是狂暴的、憤怒的、近乎毫無理智的。但他終究還是平靜下來。

在他腳下沸騰的天道也乖乖地靜寂下來，再也沒有剛才的桀驁不馴。

漫天諸神似乎也感覺到了天道的屈服，無數的神靈更加惶恐，像一群群倒伏的羊群，瑟瑟發抖。

呵。

他摸了摸自己的心臟，就好像在擁抱他自己。

接下來，他就完全融入了泰昊之中，再也沒有了自己的意識。

第十章

Y U T O Y A W A

當主神震怒的時候，世界也會搖曳不穩。

盡管收服了神祇，打壓了天道，完整修復了規則，成為了當之無愧的主神，但主神泰昊並沒有就此安享他的統治生活。世間萬物都感覺到了主神的焦躁與憤怒，彷彿失去了什麼重要的東西，令他徹夜輾轉，痛苦難耐。

被打得七零八落的神祇們盡管躲藏在遙遠的九天之上，依然不由自主地瑟瑟發抖。

他們知道主神現在的情況是為什麼。他失去了他的半身……或者說，因為他們逼迫，他被迫吸收了自己的半身。在此之前，他已忍耐了幾千年。

他們怎麼能不害怕呢？

這位新主神的力量，是他們無法抗衡的。

可憐的天道如今也別無他法，它本應力量強大。可因為之前某一場誰也不記得的災難，不得不逆轉時間拯救這個世界，因而失去了大部分的力量，以至於連一點反抗的能力都沒有，完全成了笑話。

所幸，一切還是照著它所預定的命運前進。它吸取了上一次的教訓，讓事情一步一步走到了現在的結局。

不僅暫時修復了規則，而且逼迫著主神有了其他想法，藉此誕生了新神。

雖然這位新神還很弱小，而且被那隻叫泰清的老鼠吃掉了一大部分，但天道最不缺的就是時間。泰昊已經成為舊神，不需要很長的時間，或許幾千年，或許幾萬年，就會被新神吞噬。

但天道已經迫不及待了。它煩透了泰昊這個不聽話的主神。

可它沒想到，正是這位柔弱的新神竟成了泰清的工具，不僅補全了泰昊的神魂，還賦予了他更加巨大的力量，簡直得不償失。

它計畫了半天，最後補全了規則，終於讓泰昊把那個礙眼的小分身吃了。

但即使是這個結果，也沒有維持多長時間。

因為，泰昊很快就將泰清再次分離出來。利用神靈再次將他誕下。現在規則補全後的他是完完整整的主神，一切規則都將由他決定。

所以對泰昊來說，這些事根本沒對他造成什麼影響。

如果天道有身體，現在大概只有瘋狂辱罵才能發洩它內心的不平吧。

泰清的魂魄當然是還在的。

泰昊為了保存泰清的魂魄，在很久很久以前，就學會了壓制本能。盡管泰清強行和他融為一體，但他還是將自己的身體作為容器，分出一部分來保護泰清的意識。所以盡管泰清幾乎已經和他合二為一，但最終他還是成功分離了泰清的意識，然後用自己的魂魄為基石，為泰清重新塑造魂體。

這一次，泰清是泰昊的造物，是從他體內分離出去的一部分，而不是尚未回歸的碎片。

這一次，泰昊終於成了泰清的父神，再也沒有任何規則橫梗在他們中間。他不再對泰清有著不正常的欲望，也不再被痛苦所影響，不必再擔心自己會無意識地吞噬泰清。

這是他很久以前就計畫好的。在泰清第一次崩潰之後，他就做出了決定，並用自己神魂做好了準備。可是這個計畫太危險了，他無法確定自己能百分之百掌控自己的欲望，如果泰清回到他的體內，他根本不知道自己會做出什麼，或許當場就會將他吞噬，任何手段都起不了作用。所以這只是一個備用的計畫，他做好了一切準備，卻一直無法下定決心執行。

直到神祇開始反叛，和天道一同發起的暴亂讓他措手不及，頓時陷入了長久的爭戰之中。

這次的情況確實很危急，泰昊沒辦法保證泰清的安全，而且還有一個因他而生的新神在一旁虎視眈眈，他很有可能就這樣死在虛空之中。

所以他交出了自己的一段神骨，鍛造成武器，與碧霞元君鍛造出的武器交換，刺了泰清一刀。

這一刀交還了他一直封印的泰清的最後記憶，同時，這把刀在泰清身上造成的傷痕也會成為他的印記。也就是說，只要有那道傷，無論他身在何方，無論泰清身在何方，他都能找到泰清。

他不甘心讓泰清跟著自己一起死去。盡管他知道自己一旦死去，泰清必定不能獨活，但他總覺得自己該賭一賭。或許等自己死去之後，泰清會稍微無情、稍微猶豫，那他就趁此機會，強行讓自己回到泰清的體內，成為泰清的一部分。

他們本來就應該合為一體，無論是泰清成為他的，還是他成為泰清的，都沒有關係。

等他們合為一體，泰清必定會理解他、原諒他、接納他，然後成為他。

可是他沒想到，泰清不僅在最開始就洞悉了他的計畫，而且還毫不客氣地打破了他想好的一切可能，自己跑去吞噬了新神，然後主動找到自己，將自己交還給他。

泰昊簡直氣瘋了。

他本應是無情無欲無悲無喜的主神，卻因為這隻該死的老鼠，總是陷入各種悲喜的情緒中。尤其這次，他甚至直接遭受到那股灌頂般的情緒侵擾，只恨不得將那隻老鼠活活掐死。

他決定把泰清從自己身上抓下來，然後親手給他一個教訓。

雖說他盡力保存了泰清的意識，可是在和泰清分離的時候，卻出了點問題。泰清認定吞噬新神會給泰昊造成因果負擔，因此不讓泰昊觸碰新神，融合的時候也是自己強行與新神融合，再讓泰昊消化。

可是泰昊不想要新神的力量。

他和曾經的舊神不一樣，吞噬新神補償力量什麼的，他根本連想都沒想過。他只要有泰清就夠了。現在他們之間竟然還多了一個礙事的東西，他又怎麼能接受？

更何況讓泰清和新神融合……

那簡直是最讓人厭惡的事情了。

泰昊強行分離泰清與新神的時候，泰清依然緊抓著新神不放。泰昊氣急敗壞、好說歹說，才好不容易將他和新神撕扯開來。但就算是這樣，泰清的一部分意識還是黏著新神，以至於後來意識都不完整了，還是不肯放開他。

泰昊十分惱怒，他狠狠地將還未消化完全的新神扯了出去，壓回泰山之底。他曾經在那裡度過了上萬年的歲月，這位新神也在那裡待著吧！

被強行分離後，泰清剩下的意識還是受到了傷害，不過這都只是小問題，他並不擔心。

三十年後，泰清再次成功誕生。

剛出生的泰清幾乎沒有任何意識，只會躺在那裡發呆，不會吃，不會笑，更不會跟泰昊交流。後來他可以動了，也可以交流了，卻根本沒辦法和泰昊一起生活。

意識的殘損，對泰清來說，造成了很大的問題。

白久已經是新的轉輪司浮見，她對泰昊說道：「主子，恕我直言……當初少爺似乎也是這個樣子吧？後來，他是怎麼好轉的？」

泰昊想起了曾經，想起了泰清不得不跟著他的「兄弟姐妹」們一同轉世的過去。

　　那時候不只是因為泰清喜歡那十個塵埃一樣的東西，才不得不讓他轉世的。主要是他們之間的吸引太強，他會影響到泰清，泰清不能生長、不能進化，就會一直是那愚蠢老鼠的狀態，所以他不得不放手，讓泰清進入人世輪迴。

　　也正是在人世輪迴，讓泰清的靈魂一天一天強壯起來，從剛開始只能轉世成花草、老鼠之類的生物，到後來終於可以轉世為人。

　　難道，他還要讓泰清離開他？

　　泰昊抱起小小的泰清，那個殘損的靈魂漠然地回視著他，連當初那隻智力低下的老鼠都不如。泰昊輕輕地摸了摸他的臉，突地冷笑了一聲。

　　天道算什麼，命運算什麼。

　　他是主神，他才是規則。

　　這一次，無論如何，他都不會放手讓他再去輪迴中受苦。

　　泰昊沒有聽從任何人的意見，而是將泰清帶在身邊，用自己的魂魄去溫養他、補全他、修復他。如今的他，是完整的主神，和過去完全不同，他可以控制自己不去吞噬，也可以幫助泰清吞噬自己修復自身。

泰昊耗費了很長、很長、很長的時間。

終於在某一天早晨，即將睜眼之前，被一雙小手臂勒得差點喘不過氣來。

「泰昊泰昊！陪我出去玩！我想玩雪！你給我下雪！下雪嘛！」

他睜開眼睛，看見的是那個七、八歲的男孩，紅撲撲的小臉蛋，揉著兩人打結的頭髮，騎在他身上興奮地叫著。

泰昊：「……」

如果這又是天道的一場惡作劇，他也無可奈何，卻甘之如飴。

因為，這是他自己的選擇。

「泰清……你給我滾下去。」

「不嘛不嘛！下雪！我要下雪！」

泰昊：「……」

當然，如果能有什麼方法，讓這個孩子立刻安靜下來，那就更好了。

——《幽都夜話・下卷》完

結束之後

YUTOYAWA

幽都夜話

當我醒來的時候，我不知道我自己是誰。

我知道這種情況叫作「解離性失憶症」。

我怎麼也想不起來我自己是誰。

我住在一戶被分割成好幾間房的出租公寓，我所住的房間面積很小，但是所幸這裡居然有非常厲害的「須彌芥子」，所以即使住了幾個人，也並不覺得狹小。

和我一起住的人，有一個帥哥和一個美女，帥哥叫黑鷲，美女叫白星。其他還有一些黑衣的男人和白衣的女人，根據工作要求隨時來來往往。

他們照顧著我的生活，同時——按照白星的話來說「要保護我的安全」。雖然我也不明白一個失憶患者有什麼好保護的，難道我曾經是警方的線人？或者我得罪過什麼厲害的敵人？可是都有「須彌芥子」了，為什麼還要這麼嚴陣以待，好像害怕誰來把我搶走一樣？

盡管身邊有這麼多人，我還是覺得有點不滿意，我覺得還應該有一個人的。但是我畢竟失憶了嘛，就算想破頭，也想不起來到底是缺了誰。

大概是腦子產生的錯覺吧。

不過這種狀態並沒有維持多久，幾週之後，我想起來了。

我想起了我的名字。我叫泰清。沒有姓，我就叫泰清。

然後我清晰地想起，我是一隻老鼠。

從那天起，我開始嚴格地遵守我作為老鼠時候的習慣。我四肢著地，在地面上爬行，尋找一切可以撕碎的紙張打造我的小窩，並且拿走一切我能看到的糧食，堆在我的窩裡。

當白星看到我的行為時，她捂著胸口驚叫一聲，差點要當場昏過去的樣子，然後奔過來緊緊地抱住我，開始痛哭她是多麼失職，一切都是她的錯，讓我變成了這個樣子。

我覺得我作為一隻老鼠，不是太明白她的話。不過她的懺悔，我倒是明白了。我拍了拍她的腦袋，就又去築自己的巢。

在那之後，我紛紛覺醒各種奇怪的記憶，有時候我是一隻螞蟻，有時候我是一隻鳥，有時候是一條蛟龍，有時候是一株草。

當我堅定地認為我已經成功長在屋角，並一個月沒有挪動，也沒有和任何人開過口後，他們所有人都崩潰了。

他們哭得十分悽慘，但我是一株草，一動不動。

他們哭著叫來了一個人。

我在牆角生長得十分堅定，恣意地享受我作為一株青草的生活。

那個人進來的時候，我只在屋角被種植的地方晃了晃。我覺得他帶來了風。但事實上，他似乎帶來了冰寒的氣息。

我看著他，他也看著我。

「怎麼回事？」那人冷冷地問。

他走到我面前，摸了摸我的腦袋。他一摸我，我的葉子就忍不住捲曲了起來——也就是手臂抱著頭的姿勢。

那個人：「……」

那些人一邊哭一邊說：「少爺從醒來後就不太正常，後來就越來越糟，每隔一段時間就把自己當作不同的生物，我們現在都不知道他明天又要變成什麼了！主子！少爺是為了您才變成這樣的！您一定要幫幫他啊！」

他身後那些人簡直哭得肝腸寸斷。

我從來沒有見過他們哭得這麼慘的樣子，不禁好奇地歪了歪頭，然後突然意識到——

我豈止沒有見過他們這個樣子，事實上，我一點也不記得他們過去是什麼樣子。

那人輕輕地嘆了口氣。

「融合的時候，我們之間多了一個新神的神體。如果任由新神和他繼續融合下去，他背負的因果太重了，所以我努力把他們分開。」那個人說，「但是他太固執了，緊緊地抓著新神不放，以至於有部分魂魄受到損傷。我原本以為問題不大，不過現在看來……」

白星哭道：「少爺怎麼那麼傻啊！他抓著那個新神不放有什麼意義啊！」

「大概是……」那個人蹲了下來，平視著我的眼睛，一隻手放在我的腦袋上，手上的力量重得好像要將我按進地裡去，「不願意讓我背負那個因果吧。」

他身後的諸人驚得目瞪口呆。

他又道：「真是蠢。你忘了游泳池和海洋的區別了嗎？你以為我會像舊神一樣，做出無可挽回的蠢事嗎？」

我放下了抱頭的手，「汪！」

不怪我，我只是想起了曾經作為一隻狗的記憶而已。

那個人：「……」

他身後諸人：「……」

那個人再次用力按了按我的頭，然後將我抱了起來。

「我以為，把你放在人間，你就能很快恢復到以前的狀態。現在看來，是我想得太簡單了。」他對身後的人說：「以後他還是跟著我吧。」

那些人沒有什麼異議，屈膝應聲。

那個人抱著我，走進了窗簾後的黑暗中。

「你不是非要抓著新神不放嗎？那我們就去看看你拚命也要保住的新神。」他摸摸我的頭，「你會喜歡他嗎？」

我其實不完全明白他在說什麼，只是點了點頭。

他微微地笑了起來。

「就算恢復不了記憶也沒有關係。我們從頭再來。」

——番外一〈結束之後〉完

兄弟，兄弟，
你們去哪裡啊？

Y U T O Y A W A

太昊知道泰清出了問題，是在那十隻老鼠開始消失的時候。

白麗來報：「主子，有一隻老鼠的命盤滅了。」

太昊的筆在輪迴卷上點了一下，留下一道黑色的墨痕。

那十隻老鼠，只不過是微不足道的能量來源，不過因為泰清喜歡，而且牠們對他有用，所以他縱容了牠們，允許牠們和泰清一起輪迴轉世。

不過那些東西只能算是塵埃，連取名字的必要都沒有。

無論牠們在輪迴中如何死去，命盤都不會有所變化，收回魂魄，等待指引牠們下一世命運。唯有魂飛魄散，命盤方會湮滅。

「在哪裡？」

白麗說了一個地點。

當太昊到達那裡的時候，發現那裡正被一個巨大的護陣籠罩，他知道泰清就在裡面，卻感覺不到他的存在，也感應不到他的狀態。

那個護陣，完全封閉了他作為主神的所有感官。

太昊在周圍等待了很久，一直到護陣的能量耗盡，他才終於進了護陣籠罩的地方，救回了泰清。

泰清的狀態很不好。

作為不完整的魂魄，太昊是主魂，泰清只能算是他魂魄上缺失的一點碎片。即便如此，他這個主魂有時都會受到魂魄不全的困擾——盡管那困擾很小。

作為碎片的泰清，所受的困擾就更大了。他幾乎每隔一段時間就會出現神魂不穩的狀況，需要回到太昊的身邊，讓他幫忙穩定神魂。可他們又不能一直在一起，否則泰清就一直會是那愚蠢的小老鼠。

有時候太昊也覺得麻煩，於是問過泰清，要不要回來？在他身邊，做隻蠢老鼠又不會怎樣。

泰清拒絕了。

他喜歡他的兄弟姐妹，喜歡輪迴轉世的生活，並曾為了太昊積蓄力量時不得不吃掉他的兄弟姐妹們而憤怒。作為激烈的反抗，他會用小爪子使勁抓著太昊。

他真正的那十位兄弟姐妹，已經被太昊吃光了，根本什麼也沒剩下，又怎麼可能回來。所以在泰清的「威脅」下，太昊找回了那十隻小老鼠，但其實僅僅是他魂魄上撕下來的塵埃，是十個冒牌貨而已。也就是那個智商過低的小老鼠認不出來。但凡他聰明一點，當初就騙不了他。

從太昊自己的神魂上撕下碎片，原本是為了讓泰清感覺到相同的靈魂氣息。但後來，他發現了這十隻小老鼠的其他作用。

比如說，當他不在的時候，當泰清的神魂不穩的時候，那十隻小老鼠可以作為儲備糧食，修補泰清的神魂。

這和太昊自己動手的效果差不多。

唯一的區別，是太昊的神魂太過強大，就算修補了泰清，也沒什麼損失。但那十隻小老鼠就不一樣了。

牠們會被泰清直接吸收，什麼也剩不下。

不過大概是太昊對那十隻老鼠所下的暗示太強烈，牠們真的以為自己是陪伴著泰清從古至今的那初始的十隻老鼠。牠們對於泰清的忠誠太過強烈，對「曾經吃了牠們」的太昊又太過仇恨，以至於泰清出事時，牠們的第一反應不是將泰清交給太昊，而是將太昊隔離在外，防止太昊趁機吞噬泰清，然後以身相殉，修補泰清的神魂。

當泰清從太昊的懷中睜開眼睛時，他對於自己吃掉了他最愛的兄弟姐妹這件事，沒有絲毫的記憶。在他的記憶中，是一個黑色的怪物吃掉了牠們。

太昊覺得這樣挺好的。

只要泰清喜歡，他怎麼以為都可以。

十隻老鼠的命盤在幾千年裡，依次消失。

太昊知道，泰清的問題越來越嚴重了。

一直被死死隱瞞的泰清眼看著兄弟姐妹們一個個魂飛魄散，卻懵然不知緣由，只能一次次在失去時痛哭悲號。

最後剩下的兩隻老鼠知道自己的大限到了，拚著最後力氣，親手將泰清送入了岱廟，以防泰清消散於天地間。

這一次，泰清清楚地看到了，自己的身體是如何吞噬最愛他的兄姐們。

牠們只能在消失的最後一刻，反覆地告訴他——

「這不是你的錯！」

「這一切都是太昊的錯！」

「我們會和你在一起！」

「永遠在一起！」

看清楚了一切殘酷真相的泰清，當場就崩潰了。

太昊緊緊地抓住他，用自己的神魂溫養他，但他的神魂還是出現了崩毀的徵兆。

太昊無可奈何，在這種情況下，如果不是神魂力量不足，那就是因為真相太過殘忍，使得泰清弱小的神魂受到了巨大的打擊，以至於無法保持完整。

一旦泰清崩毀，太昊的神魂就會立刻本能地將他吸收。太昊絕對不會允許這樣的事情發生。

他保護泰清上千萬年，沒有理由在他最強大的時候，卻失去這隻最特殊的小老鼠。

所以他抱著泰清脆弱的神魂，去找了對他忠心耿耿的女神——碧霞元君。

「妳……願意嫁給我嗎？」

即使逆天而行，即使會造成無法挽回的後果，他也要保住泰清。

即使背下將會被泰清仇恨的罪名，他也心甘情願。

這是他唯一的……
唯一的原則。

——番外二〈兄弟，兄弟，你們去哪裡啊〉完

天道

Y U T O Y A W A

這個世界很大，無限的宇宙，孕育了無限的生命，卻有一個東西約束了一切生命和非生命的野蠻生長。它定下了規則，讓一切命運的行進有跡可循。

它不是主神。

它是天道。

天道統治九天萬物，是命運，是軌跡，是一切命運起點和終點。神仙們也不過是在天道的統治之下，彷彿自由自在，事實上卻是被關在金屬牢籠裡而不自知的動物。

但天道又不是真正存在、可以觸摸的東西，它需要一個可以自由使用的統治者。

所以它造出了主神。

主神是規則、是工具，也是統治這世界的主宰之神——只是，必須在天道的約束下。

可是主神又過於強大，和比恆星更恆長的生命，讓他們一天比一天強大，甚至讓天道感受到了威脅。

於是天道改變了規則。

舊神必須消亡，新神將會代替舊神，成為新的主宰。

可是主神不是沒有意志的東西，不是天道隨手一揮，就能隨便驅使、破壞和重新建立的無生命垃圾。他們會痛苦、會思考、會反抗，所以每一次新神和舊神的交替，都是一場幾乎讓世界滿目瘡痍的大戰。

天道卻對此滿意至極。因為這樣不單消耗了新神的力量，又不費吹灰之力解決了舊神。簡直完美。

這種完美，持續到了那個叫「太昊」的東嶽泰山大帝出生。

說起來，哪位主神會替自己取名呢？他們登位時，天道會賦予他們神名，那是會伴隨他們一生的稱呼。畢竟，又有誰敢直呼主神的名諱？

可太昊就是和其他的主神不一樣。

他出生沒多久——對天道來說只有一、兩天的時間——就突然有了名字，太昊。

太昊，日月蒼穹，昊天罔極。

這名字的意義就讓天道很不滿意。

最重要的是，這位新神還不喜歡天道既定的道路，總是愛做出自己的選擇。比如他登上主神之位、吞噬了舊神之後，竟然放棄吞噬最後一個碎片，導致整個世界的規則出現了裂縫，重要的生命規則無法補全，首當其衝的，就是受命長久的神靈。

他的選擇所造成的結果，連天道也束手無策。

天道不明白，既定的規則經過了漫長的時間，換過了一屆又一屆的主神，從來沒有出過任何錯誤，怎麼就在太昊身上卻一次又一次發生問題，直到問題大到連天道也無法彌補。

天道惱恨至極，卻毫無辦法。

它只是天道，無法隨便就插手一切。

但立刻和新神翻臉是不明智的，主神的氣運依舊雄厚，這些天道加諸在太昊身上氣運卻成了自己的鐐銬。

不過，天道畢竟是天道。

所以它想到了一個計畫——碧霞元君。

碧霞元君是規則之外，天道傾盡自己的命運之力，才孕育出的最後一個女神。

她是它的工具，是它既定的命運之中，最為好用的一顆棋子。

在它的掌控之下，她如同一個再完美不過的牽線木偶。她愛上了太昊，厭惡著泰清，她仇恨著一切會讓太昊在意的東西。

在命運之手一次次的撥弄之下，她終於喪心病狂地對那隻倒楣的廢物老鼠動了手。

天道在人間興風作浪，它不能直接插手世界的進程，但能讓世界隨它的心意產生一些變化。

太昊在虛空之中的時候是和外界分隔開的，但不知為什麼，人間一發生問題，他立刻就知道了。他瞬間將天道拉了進去。

天道直到此時才發現，這個新任的主神確實和其他的主神完全不同。他的力量驚人，對於規則的運用，甚至到了能夠反制天道的地步。

天道明白，自己當初想殺他的決心，真是再正確不過了。

不過現在不是時候。

於是它只能被禁錮在虛空之中。

在這裡，東嶽泰山大帝就是天道、是主神、是世間萬物、是規則、是命運、是法律、是這個空間的一切。

在這裡，天道什麼也不是。

碧霞元君就是在這個時候出手的。

她在轉輪殿裡停留了四天，用盡手段折磨著那隻老鼠。

第四天，她已經開始有些急躁了。她感覺到了危險，卻無論如何也不甘心。

但她沒有時間了。

纏繞在轉輪殿上的禁制就像紙片一樣紛紛碎裂。

不，不只是轉輪殿，整個世界都發生了狂暴的震盪，地府如同颶風中的一葉小舟，被巨大的力量強行撕開，九天神界、陰間地府，所有的空間都在巨大力量之下扭曲、撕扯和融合。

無數的神祇在這股毀天滅地的力量之下瑟瑟發抖，數以億萬計的生命在這場憤怒的風暴中化作一線輕煙。

本應統治看顧這個世界的主神卻對這些災難視若無睹，甚至，他就是這場災難的凶手。他穿越空間，瞬間到達了轉輪殿。

四天，是天道能拖住他的最長期限。

他慢慢地走進正在崩毀的轉輪殿，大批的遊魂和鬼判連聲音也沒有發出就化作塵埃，就連那些不滅的神祇也不能倖免。

包括碧霞元君。

在她殺了那隻老鼠，完美修補了她深愛的主神的同時，太昊只是一揮手，她就整個隨風碎裂。

他皺了皺眉，望著天空發出一聲冷笑。

「你不是想要這個世界完美地運行下去嗎？你不是想長長久久地成為統治者嗎？你不是就想讓我乖乖做你的傀儡，運行你想要的世界命運，等待下一位主神來吞噬我嗎？

「一切都可以隨你的意，但你不該……殺了牠。」

唯有這個，是錯誤的選擇。

他雙手輕輕一合，再打開時，整個世界都在他的手掌之中。他就如同拍碎一個不完美的雕塑一般，雙手一壓，將整個世界連同那些神祇以及他自己，一同灰飛煙滅。

天道連反抗都來不及，眼睜睜地看著自己一手創造的世界只剩一片虛無，包括那個罪魁禍首。

什麼也沒有剩下。

盡管天道氣得只想化作人形對著虛空瘋狂辱罵，可它也知道，現在不是做那些事情的時候。它的力量有限，已經無法再創造出新的世界，不過至少有一件事是它能做的。

它猜，這也在太昊的計算之中。

太昊挾帶著世界一同死亡，以此告訴天道：你還有一件事可以做。也唯有這一件事可以做。

天道用盡自己所有的手段，耗盡了自己所有的力量，逆轉了時間。

逆轉時間自然比不上重新創造世界所耗費的力量，但也幾乎榨乾了它積攢的一切能量。

即使這樣，它也僅僅逆轉了四天的時間。

這是它的極限了。

一切恢復原狀，所有的生靈包括身體和記憶都回到了四天前。那些恐怖的曾經沒人記得。

最後，變得異常虛弱的天道被已經失去這段記憶的太昊放回了它自己的世界。

不過，那麼漫長的時間，它總有一天能達到目的。

它總有一天可以的。
總有一天。

——番外三〈天道〉完

告別

Y U T O Y A W A

白星慢慢走過長長的廊道，無數繁星在黑暗中閃現又消失，彷彿她每一腳都踩在華美的星辰之上。

但她知道，她腳底踩踏而過的並非宇宙星辰，而是輪迴之路。

她走到了廊道盡頭，輪迴之井如同一張黑暗的大口，緩慢旋轉著出現在眼前。

輪迴之井旁邊，站著一男一女兩道身影。

他們只剩下身影了，兩個黑色的、看不清原貌的影子。從此之後他們就會墮入輪迴，像那些凡人一樣陷入輪迴的苦痛。

「二位大人。」白星上前站定，微微向他們躬了躬身。

「沒想到，來送我們的是妳。」其中一個影子說。這是白麗。

「當然是她了。」另一個影子笑道，「她代替了妳白判的位置，送我們上路是理所當然的。」這是黑城。

白星稍微猶豫了一下，但還是低聲道：「不，屬下接替的是黑判的位置，不過也只是暫代，如今已經將位置交還黑鶩大人。」

黑城和白麗愣了一下，白麗道：「為什麼？主子認為妳的能力不夠嗎？」

白星有點遲疑，不知道該不該把話說出來……

黑城道：「白星，妳以前不是這麼拖泥帶水的性格啊。」

白星嘆了口氣，最終還是將話說了出來。

「我和黑鷲現在是少爺的專屬保姆……」

那兩個身影頓時爆發出了狂暴的氣息，颶風一般吹過白星的臉。

但也就這樣了。被剝奪了大部分力量的他們，也只能做到這種程度而已。

「那個賤人！害了主子還不夠！還要坑害你們嗎！你們憑什麼要成為那個貪生怕死的混帳東西的——」

白星道：「你們對少爺的誤解太深了。」她並沒有理會他們憤怒的吼叫，平靜地說出了之後發生的事情。

當聽說雲泰清回歸泰昊體內，又被泰昊強行分開，但由於他死抓著新神，以至於如今魂魄不全，連理智都喪失的時候，黑城和白麗沉默了。

許久之後，白麗輕叱了一聲：「……算他識相。」

白星沒有再辯解什麼，她做了他們這麼久的下屬，互相之間再瞭解不過。白麗這樣說，其實已經算是承認了雲泰清的付出。她的目的已經達到了。

黑城的影子看了白星一會，突然道：「妳怎麼了？」

白星輕輕地笑了笑。

白麗也注意到了，她「咦」了一聲，「妳的身上……」

白星道：「主子將所有黑白浮游對主子的忠誠，都抹滅了一半。」

白麗驚道：「為什麼？主子為什麼要這麼做！」

抹滅忠誠，意味著他們隨時都有可能背叛泰昊。

白星看著他們，沒有說話。

黑城明白了，長長嘆息一聲，道：「是因為我們……」

白麗也沉默了。

也是。就是因為碧霞元君和他們的過度忠誠，將泰昊看作至高無上的存在，無法忍受他因為泰清而出現的小小的不完美，心痛於主神因此承受的折磨和痛苦，以至於罔顧主神的命令和意願，傷害了泰清，導致泰清如今極其糟糕的境況。

白星道：「主子認為，如果不能將少爺視作他本身，而將少爺割裂開來，以此折磨少爺，那麼，那些忠誠對他而言一文不值。」

那兩道身影在聽到「一文不值」時，身形搖搖欲墜，霧狀的身形幾欲潰散，彷彿失去了全部的生存欲望。

他們為泰昊而生。

但現在泰昊卻說，如果不能對泰清一視同仁，他們對於泰昊而言，便是一文不值。

泰昊並不是第一次說這樣的話，而這一次毅然決然抹滅他們視作生命的忠誠，卻讓他們明白了泰昊的想法。

泰昊並不在意自己會怎麼樣，更不在意這些下屬會怎麼樣。

如果他們不能對泰清付出同樣的忠誠，那他寧可不要。

他的心裡、他的眼中，只有泰清一個。其他的，都是腳下的微塵，揮袖便能捨棄。

那兩道身影沒有再說話，但他們不穩定的身形已經暴露了他們內心的驚濤駭浪。

而白星對他們的反應並沒有什麼想法。失去了一半忠誠的她，對很多事都已經不再執著。她看了看輪迴之井，道：「黑城大人、白麗大人，時間快到了。」

那兩道身影輕輕地嘆息了一聲，走向輪迴之井。

「二位大人，請保重。」

兩道身影頓了一下，對她點了點頭。

他們走入輪迴之井，被糅成了兩道更加模糊不清的陰影，逐漸化作微光消失。

——番外四〈告別〉完

孩子

Y U T O Y A W A

白星剛剛跳出躍洞，不及半人高的泰清就一頭撞在了她的身上，把她撞得一個趔趄。

「快快快！快抓住他！」黑鴍追在後面，急急叫道。

泰清嘿嘿一笑，擦了擦自己漆黑不知抹到了什麼的臉，跳起來跑了。兩條腿跑得飛快，白星一時沒抓住他。

黑鴍看見這一幕，露出生無可戀的表情。

「妳怎麼連少爺都抓不住！」他責備道。

白星：「……你要是能抓住，又何必指望我？」

在他們兩個互相指責的時候，一群侍僕已經從他們身邊飛奔而過，追著泰清而去。

他們對視一眼，也不再互相推諉責任，轉身也向泰清追了過去。

這裡是泰昊的神殿，金碧輝煌，氣勢磅礴，最重要的是……非常巨大。

等他們終於費盡力氣抓住精力旺盛的泰清時，時間已經過去半天。再過不久，泰昊就要回來了。

泰清很不高興，被黑鴍像小狗一樣夾在腋下帶進浴室時，他還在大喊大叫：「我不洗澡！我不洗澡！你們這些壞人！我要告訴泰昊！我要讓泰昊打你們的屁股！」

白星抓住他的兩條腿，防止他掙扎，敷衍地說：「好的好的，只要您洗完澡，什麼都可以。」

她就去送別了一趟黑城和白麗而已，怎麼一回來少爺就面目全非了？她轉頭把責備的目光射向黑鷲，黑鷲無奈苦笑，用嘴努了努某個方向。

白星看向那裡。

那是泰昊的議事廳。門口布滿一堆黑色的腳印，甚至能聞到一股芳香，那正是主子常用的墨汁……

她只覺得腦袋一陣嗡嗡作響，深吸一口氣，衝身後高聲道：「你們還有空和少爺玩捉迷藏！還不快點把那裡打掃乾淨！」

為了抓住泰清，所有人都跑了，以至於那些墨汁都沒人清理。這若是被主子看見……

好吧，只要是少爺做的，主子什麼也不會說。但這不代表把這些狼藉留在此處會讓他們獲得什麼好結果。最大的可能，是主子認為這些墨汁弄髒了少爺，所以罰她和黑鷲兩個親自打掃乾淨。

就在一部分人驚慌失措地打掃，而另一部分人兵荒馬亂地清洗少爺時，泰昊回來了。

泰昊頭戴冕冠，身穿袞服，帶著龐大的儀仗，隨著颯然清風從雲端飄然而至。一落地，就看見議事廳門口被沾得一片漆黑的地面，和滿臉惶急的侍從。

泰昊：「……」

儀仗按規程散去，只有白久和黑蛇跟隨在他身後。

他沒有在漆黑的議事廳門口停留，就直接向洗浴用的清水殿的方向走去。

泰清剛剛被脫得精光，渾身漆黑的顏色被剛剛抹開，看見推門而入的泰昊，衝他露出了一個微笑。

「你回來啦！」

泰昊：「……」

他身後的白久發出了一聲輕笑，黑蛇也發出了一聲硬忍住的悶哼。

黑鷲和白星喊了聲主子，卻沒有上前見禮，只堅定地將泰清按進水中，將他全身上下刷洗乾淨。

直到他們將一個白嫩的小泰清包裹好，送入泰昊懷中，才終於鬆了口氣。擦乾濕掉的雙手，向泰昊行禮問安。

當泰昊抱住泰清的一瞬間，小男孩模樣的泰清突然化作了一個身材修長的青年，雙手從浴巾中伸出來，抱住了泰昊的背。

「泰昊呀！」青年呵呵笑著，又說了一遍：「你回來啦！」

泰昊這次回應了他：「是。」

青年樣貌的泰清看了看自己身上，又回頭看看像是同樣被黑水洗禮過的黑鷲和白星，再看看泰昊身後掩飾不住笑意的黑蛇和白久，他突然意識到什麼，倒抽了一口冷氣。

「……我……我又幹了什麼?!」

泰昊摸了摸他濕漉漉的頭髮，淡定回答：「沒什麼，他們馬上會整理乾淨的。」

然後他並沒有從原路出去，而是避過了所有可能看見議事廳那片狼藉的路線，帶著泰清回到了他平日休息的長安殿。

黑白四人組很有眼色地留下來收拾殘局，並沒有跟上去打擾他們獨處。

泰昊一將泰清放在柔軟的大床上，泰清捂著浴巾狠狠滾了兩圈，把所有號叫都埋在了床鋪裡。

「簡直太丟人了！」

雖然沒有親眼看見自己造成的災難，但只要從剛才那一幕推測，他就知道自己造成了多大的麻煩。

「那也是沒辦法的。」泰昊淡然道，「你的心理年齡太小，做出什麼事情都不奇怪。」這完全沒有安慰到泰清，他都要為自己幹的蠢事羞愧而死了。

從泰昊身上被分離出去之後，泰清的神智受到了近乎毀滅性的打擊，他的精神陷入了前所未有的混亂之中。

泰昊找了很多辦法，所幸，如今這個世界的「規則」已經趨於完整，恢復了繁育能力的神靈重新跪在泰昊腳下，而他也順勢利用了他們的恐懼和不安，為泰清尋找到了新的「母親」，讓他透過輪迴，從神女的體內重新降生。

曾經，泰昊還不完整的時候，泰清是他的競爭者——盡管力量弱到極限，仍然是毫無疑問的競爭者。他們之間，只能存活一個。所以，為了讓泰清活下去，他需要泰清變成他的兒子，變成他的繼任者。可惜那並沒有成功。

現在，他是一個完整的主神，泰清雖然重新從他的身體裡被分離出去，但已經和他沒有了競爭關係。

雖然還有一些副作用，比如泰昊不在的時候，泰清就會變成真正的孩子，從身體到心理，什麼調皮搗蛋的壞事都幹得出來；而泰昊歸來之後，他又會恢復理智，並為自己失智的時候做出的事情悔恨不已。

從前為了達到目的，泰昊將泰清放入碧霞元君腹中的時候，是泰昊強行修改了碧霞元君本身的「規則」，才讓泰清在她腹中穩定成長。但這是和世界運行的軌跡相悖，所以就算泰清正常出生，他的狀態也不會很好。

畢竟，原本就不是被允許單獨存在的東西，天道對泰昊和泰清，都是很殘酷的。

如今，規則補全，天神可以生育，神格完整的主神的小小要求自然會被允許。現在的泰清，不再是泰昊的附庸，更不是天道棄之而後快的垃圾。他是泰昊用盡了所有手段，終於修復完成的泰清本人。

前提是，他不是孩子。

不過泰清這種選擇性的孩子階段也不會太久，最多再過個幾百年，他就會恢復正常，無論泰昊在不在他身邊，他都能維持成人的身體和理智。

泰昊輕輕地摸了摸他露在浴巾外的腦袋。看見他精神滿滿地哀號的樣子，心中溢滿了溫柔的情緒。

在經過了如此漫長的時間之後，他終於可以拋卻一切惶恐和擔憂，只專心享受與他一起的時光，不必考慮除了他之外的那些事務，只要與他在一起就好。

泰清從浴巾中露出了半隻眼睛，「……你心裡也在笑我蠢，對吧？」

泰昊的手幾不可查地僵了一下，卻還是維持表面上的平靜，讓人絲毫看不出他內心的想法。

「沒有。」他堅定地說。

泰清呵呵地笑了，「我們曾經融合過，你的想法我都知道！是啊！反正我就是個智商過低的老鼠，即使蠢到天怒人怨，只要有你照看著，就完全不必擔心我會把自己蠢死……對吧！」

泰昊：「……」

在泰昊心裡，泰清就是寵物一般的存在。有點蠢也好，特別蠢也好，蠢得天怒人怨也好，並沒有什麼區別。

這位誠實的神仙沒有和人類一起生活的經歷，就算和泰清一起的時候，因為各種問題，也沒在意過泰清的心理狀態。於是他曾經實誠地告訴了泰清關於他的想法。

當然，結果不太好。

泰清當然不會對他發脾氣，泰清從來都不會真的對他發脾氣。

但他會生悶氣啊！

所以泰清在那一百年間，都沒有恢復成成年的模樣。即便在他的面前，也始終都是要命的孩子狀態。無論泰昊如何碰觸他，他都是那個樣子，完全沒有變回成年的意思。

那一百年，整個神殿都處於詭異的水深火熱之中。

到後來，就連他的下屬也受不了這種要命的氣氛了。

「主子！」白星悲傷地懇求他，「您能不能別跟少爺說實話了！您不是每件事都要跟他坦白的！適當的謊言……也不能說是謊言吧，至少您可以沉默啊！」

所以現在，泰昊學聰明了。

他學會了將可能造成車禍現場的回答吞回肚子裡，保持高深莫測的沉默。

但這並沒有讓他耳根清靜。

「……你不回答，是我說對了，是吧？」泰清不開心地說。

泰昊沉吟了一下，覺得在這個問題上沉默可能不是個好主意，於是他說：「我是不是這麼想不重要，但你非要這麼想，我也沒辦法。」他覺得自己以退為進的回答十分有藝術。

泰清一直以為這種直球式回覆定然是自己的專利，從來沒想過會有人將之用在自己身上。

凶手還是泰昊！

是泰昊本人！

泰清當場就氣炸了！

他眼角抽搐，衝泰昊微微一笑。在泰昊感覺有異，還沒有來得反應之前，就地一滾，修長的青年瞬間縮水，變成了孩子泰清。

泰昊：「……」

孩子泰清在浴巾裡滾動了幾圈，好不容易才從裡面鑽了出來，光著屁股坐在床上，歪著腦袋想了想，便毫無預兆地跳了起來。

「我要去玩！我要去玩！泰昊！你寫字的地方好好玩！」

然後他完全不在意自己迎風招展的裸體，更不在意泰昊黑到滴水的臉，飛奔著竄出了寢殿。

外面傳來侍從們的尖叫聲，還有瘋狂呼喚黑鶩和白星大人過來的聲音。

泰昊：「……」

白久從外面匆匆忙忙地進來，隨意向他行了個禮，便愕然問道：「主子，您又把少爺怎麼了？」

滿腹冤屈的泰昊：「……」

完全不想向下屬解釋前因後果——事實上，他自己也不太清楚前因後果——的主神大人輕撫著偏頭痛的額角，說：「妳去……把他抓回來。」

白久更愕然了。

現在不是抓不抓少爺的問題吧！就算抓回來又如何？如果像上次一樣，這一百年神殿就又要變成恐怖的地獄了！

「可是主子……」

「如果我說，我也不知道是怎麼回事，妳信嗎？」泰昊表情平板，冷漠地說。

白久也摸了摸似乎開始發疼的額角。

她十分相信。

她的主子是這個世界上最聰明、最強大、最無所不能的主神。但主神有一個弱點——

他所有的聰慧、強大和無所不能，在那個人身上都毫無作用。

她匆匆躬身告退，和隨後趕來的黑鶩一起，投入了抓捕孩子的千秋大業。

至於泰昊……

泰昊又能怎麼辦呢？

自己寵出來的孩子，跪著也得照顧到時間的盡頭。

他坐在那裡，彷彿很頭痛地摸著額頭，嘴角卻微微地揚起了一個弧度。

——番外五〈孩子〉完

遙遠的未來

Y U T O Y A W A

幽都夜話

西元四〇二八年，地球早已進入了太空時代，曲速飛行解決了長期航行的問題，人類的足跡已經踏遍了他們所能去到的每一顆星球。

泰清再次踏上了地球的土地。

他現在依然是二十歲出頭的模樣，神魂已經補全，身體也是完完全全恢復，不必再次進入輪迴。他的一切都是最好、最完美的狀態。

地球已經跟他曾經所見的大相徑庭，地面上甚至沒有大型的街道，到處都是各種鱗次櫛比的金屬建築，最快的道路是天上的空中軌道。

他站在金屬地面上，看著天上各種匪夷所思的飛行器來來往往，就連天上的月亮都看起來那麼不同……

他指著天空，問身邊的人：「話說，現在還是中午呢，月亮怎麼還在那裡掛著？」

泰昊看了一眼那個「月亮」，低頭將泰清拉到自己身邊，正好避過了一個急急忙忙用飛行鞋狂奔的行人。

「那不是月亮。」他淡淡地說。

泰清眼珠子都要瞪出來了，「不是月亮？好吧，確實不像……」

原諒他，一個古老的地球人，在看到天上除了太陽之外的圓形物體時，第一個就會想到月亮。

那個所謂的「月亮」，看起來也確實和真正的月亮大小差不多，可仔細一看，就會發現它的邊緣並不整齊，而且上面還有人造的燈光，即使在太陽的照耀下也依然閃個不停。

那應該是個人造物品。至於真正的月亮，這會大概正在地球的另一邊。

泰清看了看周圍，地面上沒有飛行器，全都是行人。有的穿著飛行鞋疾速奔跑，有的在小型懸浮平臺上快速前進，不過大部分的人都用自己的雙腳行進。大家的穿著並不統一，有穿古裝的，有穿金屬太空衣的，有穿西裝夾克的……總之，整個場景給人的感覺十分穿越，任何時代的服裝在這裡都能見到。

所以他和一身黑色金邊長袍的泰昊，看起來並不十分顯眼，也沒幾個人往他們這裡看。

他鬆了口氣，道：「我還以為我們會變成別人的焦點呢，看來是我想多了。」

泰昊看了他一眼，「你想嗎？」

泰清聽出了他的潛臺詞，立刻嚴詞謝絕了：「千萬不要！我們是來辦事的！」

泰昊這個人十分古板嚴肅，有時候他說兩句笑話，這人都能當作一件重大的事情來執行，鬧出來的各種奇葩事件在三界都快傳遍了！

出門就發現殿門前有顆小行星什麼的，這種事情還是再也不要有了。

泰昊揉了揉他的腦袋，沒有說話。他和泰清在一起的時間還是太短，有時候真的無法分辨泰清究竟是胡說還是故意說反話。現在還算好一點，自從小行星事件之後，泰清就不敢再亂開「你給我一顆星星否則我今天就不聽話」之類的玩笑了。

泰清已經完全忘記了到地球來的目的，在這個金屬的叢林中歡快地遊蕩了一天。雖然沒什麼錢——據說每個人都必須有「信用點」之類的貨幣，他怎麼會有——到哪裡都只能看看。

「都多少年過去了，這世道還是這麼庸俗！」再一次被金屬防護衣的銷售人員用溫柔的白眼送出來的泰清憤憤不平地對泰昊說著，然後他變了一張諂媚的臉，「泰昊，給我一點零用錢吧，你那些人間的浮游什麼的，讓他們借我一點錢總可以吧？」

泰昊漠然地看著他，沒有半點義憤填膺的反應，只道：「沒有。」

泰清一愣。

「視察部和追蹤部的浮游是為了你才安插在人間，他們需要觀察你的情況、維持我們之間的聯繫。後來多了一個任務，就是尋找碧霞元君的下落。你現在在我身邊，碧霞元君也早已被重新封印，人間就沒有必要再安插浮游。」

泰清看著泰昊的臉，張了張嘴，似乎想說什麼，卻什麼也沒有說出來。

泰昊揉了揉他的腦袋。

「總之，沒錢。」

泰清：「……」冷酷！無情！無理取鬧！

他很想把心聲喊出來，卻又不怎麼敢付諸行動，只憤怒地把泰昊的手拉開。

他們在這個科幻一般的世界窮遊了一整天，一直到夜晚，那個人造的月亮依然穩穩地掛在天上，閃著人造的光。

泰清用他在這個時代看起來特別稚嫩好看的臉，從一個胖阿姨的手中騙到了一種名叫「巴巴里」的小吃。那東西就像是霜淇淋上撒了麵粉、果醬和堅果，不知裡面是什麼配方，吃起來有種血鏽的酸澀味道。

泰清和泰昊站在一個巨大的雕像旁邊，泰清吐槽著那個小點心的味道，卻還是一口接一口地吃著，一點也沒有要浪費的意思。

「這麼不喜歡就算了。」泰昊說。

泰清瞪了他一眼，「五千年了啊！五千年！你什麼都不讓我吃！我好不容易才騙那什麼……合法取得的！你憑什麼不讓我吃！」

泰昊道：「只有兩千年，而且你的身體沒有必要吸收這些……」只要有他在身邊，泰清根本不必用其他的東西來維持生存。

泰清嘆了口氣，狠狠咬了一口柔軟的巴巴里，擺出一張深沉臉說：「你不懂……生而為人，就要有生而為人的樂趣。」被剝奪了兩千年的口腹之欲，每一天都是痛苦的煎熬啊！

他們兩個正在悠悠地說著閒話，突然聽到遠處傳來爆炸聲和槍聲。這個時代的槍比起雲泰清那時候的更小巧，威力卻更大，聲音大得就像在耳邊炸響。泰清一回頭，就見很遠的地方，一座百層的建築上冒出了滾滾黑煙，無數飛行器和滅火風罩迅速地穿梭，滾滾黑煙快速地被壓了下去。

一架飛行器從黑煙中搖搖擺擺地飄了出來，然後在他們的目光中拐著詭異的弧線，從高到低，迫不及待地匡噹跌落地面，所幸距離地面也不算高，只翻滾了幾下，就安然停住。

正巧落在泰清和泰昊不遠處。

那架飛行器上很快也冒起了滾滾黑煙，裡面幾個人強行踹開變形的艙門，連滾帶爬地鑽了出來。

天色已晚，但因為是商業街，這附近的群眾卻是不少。

圍觀的群眾原本用他們手腕上的奇怪裝飾拍攝著眼前發生的事情，但在飛行器裡的人跑出來之後，大家立刻放棄了自己的娛樂活動，紛紛尖叫著，飛一般逃走了。

泰清瞇著眼睛，看見從飛行器中連滾帶爬出來的人手裡一個個拿著形狀奇怪的東西。說是火炮吧，體積有點小；說是手槍吧，出槍口也太巨大了。總之，一看就知道肯定是武器。

他們搖搖晃晃地跑出來，然後才發現周圍幾乎沒有人了，只有泰清和泰昊兩個看起來懵然無知的外鄉人站在那裡，手裡還拿著只有遊客才會品嘗的垃圾巴巴里。那群人立刻就圍了上來，用那怪模怪樣的「槍」指著他們。

那幾個人用頭盔蒙著頭，頭盔上有著光弧不時閃過，可見應該是什麼隱藏身分的東西。他們的身上也穿著金屬防護衣，泰清白天才剛逛過防護衣專賣店，據說除非是非常劇烈的爆炸，否則根本無法穿透這種衣服。當然價格也格外美麗。

泰清見狀趕緊開口：「各位英雄好漢，我們什麼也沒有看見……」

誰知道那幾個人根本聽不懂他的話，張口就是一堆亂七八糟的語言，只能聽出嗓門很大，應該是在威脅他們。

泰清啼笑皆非。他只是離開了兩千年而已，如今正站在自己國家的土地上，對方竟然聽不懂他的話了？

泰昊輕輕地碰了他一下，泰清突然就聽懂了。

那些人在大喊：「跪下！跪下！聽到沒有！不然就在警察面前射殺你們！」

泰清沒理他們，一抬頭，便看見他們上空的飛行軌道上，之前你來我往的民用飛行器都消失了，取而代之的是一大群藍白條紋的警用飛行器，上面有統一的標誌，還有警報燈和探照燈。

飛行器上也有人一直在喊，泰清這個時候才聽清楚，他們正喊著：「溫馨提示，諸位匪徒請放開人質，自覺投降，地球聯盟優待俘虜……」

這種用詞遣句……泰清差點沒笑出來。這到底是誰想出來的啊？就算是想投降，聽到這種說法都不想舉手了好嗎？

那些匪徒果然並不領情，用槍指著泰清和泰旲，躲在他們和身後的巨大雕像中間，正巧在死角裡，不容易被打到。

上面在喊著招降，下面的匪徒們也在喊著：「我們有人質！把我們放了！給我們一架宇宙戰艦！否則就把這兩個人質殺了！你們別逼我們動手……」

在這緊張的對峙時刻，誰也沒注意到，「人質」泰清臉上根本就沒有恐懼之色。他確實在顫抖，不過不是因為害怕，而是因為笑得控制不住，連手上的巴巴里都要掉到地上去了。

「泰旲、泰旲，這就是你想讓我看的東西？好幾千年過去了，怎麼匪徒的口號還是和以前差不多呢……」

泰旲將他的肩膀攬在身邊，絲毫不顧那些匪徒大吼「不要動」，指著天上，對他說：

「不是他們，是那裡。」

泰清抬頭望去，只見其中一架飛行器上探出一道黑色的身影，白色的冷光一閃，隨即鋪天蓋地的槍聲響起，身後卻沒有傳來子彈入體的聲音，只有慘嚎之聲不絕於耳。

泰清回頭看去，躲在他們和巨大雕像之間的匪徒們已經被不知名的武器狠狠地擊中身體。這會匪徒一個個都沒了剛才囂張的樣貌，只會躺在地上慘叫呻吟。

十幾架警用飛行器緩緩降落到地上，為首的一人扛著一把巨大的怪異槍械大步走來，走到泰清和泰昊面前的時候，對方停了一下，上下打量了他們幾眼，露出一絲疑惑的表情。不過他沒有疑惑很久，扛著槍很快越過他們，向那幾個匪徒走過去。

「一、二、三……七、八！」他回頭，對緊追而來的隊友道：「沒錯！八個！今天晚上搶劫的就這八個混蛋傢伙！」

警用飛行器上下來的人都發出了一陣歡呼，快速地衝上去，把那幾個匪徒按住了。

有一個高眺的女性隊員卻沒有發出歡呼，她走到了泰清和泰昊的面前，看了一眼高大的泰昊，不知為什麼總覺得有點膽寒，竟沒有勇氣跟他說話，只敢平視著泰清說道：「你們好，請出示你們的腕部記錄儀，我們會快速核對你們的身分，核實你們遇到的事情，只要記錄完成，你們很快就能走了。」

泰清露出了一個尷尬的笑容，「……」他沒有腕部記錄儀啊，怎麼辦？

他回頭看了泰昊一眼。在一起生活了這麼久之後，他終於學會了向泰昊求助。

泰昊的手放在他肩膀上，對著他微微一笑。

那個女隊員卻彷彿大夢初醒一般，突然非常疑惑地看了看四周，然後走到了那個拿著巨大槍械的人面前，對他說：「隊長，終於抓住了這幾個匪徒了，你總該親自寫份報告，讓我們交差了吧？」

那個拿著巨大槍械的人卻露出了愕然的表情，他抬頭看向依然站在原地的泰清與泰昊。

泰清衝他笑咪咪地揮了揮手。

他指著他們，對女隊員說：「什麼報告！那兩個人質是怎麼回事？他們什麼身分？在這裡幹嘛？怎麼和這群匪徒扯上關係的？妳都問清楚了？」

女隊員回頭看了一眼他們兩人的位置，又轉回頭，臉上滿是茫然，「隊長你在說什麼啊？什麼人質？這附近看熱鬧的人不是都遣散了嗎？你看到有誰在那裡嗎？」

那人擰起眉毛，轉手拉住另外一個隊友，那位隊友也看不見泰清和泰昊，張口就說：「什麼人質？隊長你沒事吧？我先說好，報告是不可能幫你寫的，這輩子都不可能，你說什麼也沒用……」

那人再次回頭看向泰清，泰清依然在向他揮著手，就像一個隱藏於黑夜中的遊魂，之後他的身影慢慢在黑夜的掩映中消失，那片空地上彷彿從來沒有人存在過。

那人難掩驚愕的表情，大概有幾百年都會留在泰清的腦海裡了。

泰清將剩下半個的、味道詭異的巴巴里扔進垃圾桶，忍不住狂笑起來。

「你看見了嗎？他看起來好想很害怕的樣子！哈哈哈哈哈哈哈！會不會三十年後他會對自己的孫子說，自己曾經見到兩個長得特別英俊瀟灑的男鬼的故事，結果遭到鄙視，然後等他重登主神之位時再想起這事……哈哈哈哈哈哈哈笑死我了……」

泰昊撫摸他的脊背，以防他太過得意而樂極生悲。

好久以後，泰清終於平靜了下來，不顧自己比泰昊矮了一截的身材，硬攬住他的肩膀。

「我覺得，安排得很好。」他豎起大拇指，對泰昊說：「新神在人間輪迴……在輪迴中消耗他的力量，這簡直再好不過了！這樣天道也無法動不動就弄出一個新神給我們找麻煩！」

聽到他的話，泰昊卻輕輕搖了搖頭。

泰清：「嗯？我猜錯了？」

泰昊道：「其實……當主神也沒什麼意思。」總是有很多毫無意義的事情在干擾他，還有那個總是對他萬般不滿的天道在後面虎視眈眈。他也不是對付不了這些事情，只不過將時間浪費在這些事上，實在很不划算。

「現在既然新的主神已經出生，你那時候又拚了命地保護他，我覺得，不如就讓給他吧。」

泰清頓時抱住自己，驚恐地叫道：「什麼？你要把我讓給他嗎？我可是賣身不賣藝的！」

泰昊：「……」

在他清冷的目光中，泰清恢復正常，諂笑道：「是……是我錯了。您繼續說。」

泰昊：「……」他已經沒什麼話好說的了。

最後，他淡淡地說：「你放心，我既然會讓出主神之位，自然有辦法護你周全。無論是新神也好，還是天道也好，都不會影響到我們往後的生活。只不過現在，我們還需要一些時間準備，就讓這位新神在輪迴中好好磨練神志，強大他的神魂吧。」

由於同質相斥，泰清本能地討厭新神，泰昊自然也不喜歡。

但他們不會殺新神。他們倒要看看，在這樣的選擇之下，天道又能做出什麼。

天道不可能永遠控制他們。

而他們總有一天會掙脫天道的束縛。他們會走他們自己的路，不受任何人鉗制，不被任何人「既定」。

走了一會，泰清停了下來，猶豫道：「如果……出了意外……」

時間太長，人心太亂。在歷史的長河中，什麼事情都有可能發生。

或許，他們會在新舊神交替之時死去；或者，新神會在登基之後立刻將他們毀滅成為齏粉。

「無論任何情況……」泰昊說，「我會和你在一起。你會和我在一起嗎？」

泰清靜靜地回頭，微笑著握住了他的手。

「那是當然。」

無論任何情況，我都會和你在一起。

——番外六〈遙遠的未來〉完

——《幽都夜話》全系列完

後記

Y U T O Y A W A

幽都夜話

寫這本書的時候，放的是K. Williams的《夜的鋼琴曲》，這首曲子很美，特別適合在寫前世今生感情糾葛的時候聽……

……等等，這本書不是言情啊！為什麼會有這種想法啊！（抱頭）

其實吧，這本書的主線也是前世今生的糾葛啦！雖然不是愛情，不過親情也是糾葛的一種嘛。

話說，泰昊和泰清之間的感情究竟是什麼呢？

首先來看看泰昊。

其實大家也看得出來，泰昊對泰清其實是沒那麼在乎的。他在乎的只是泰清活著，活得還可以，那就可以了。至於泰清的想法，他從來也不曾真正在意過。所以大部分的時候泰昊並不在泰清的身邊，即使在他身邊，也是他有生命危險的時候，除此之外，泰昊基本上是隱形的。

所以說啦，這種感情，怎麼會是愛情，又怎麼會是父子親情。他這種感情，更像是對待一隻最愛的小寵物——他要保證他的小寵物活著，還要保證小寵物活得不錯，至於小寵物是不是因為失戀或者仇恨而痛苦，又和他有什麼關係呢？

就是這樣。

所以大家會看到他有的時候會很在意泰清，願意用盡所有手段去幫助他，但在大部分時候，他都漠不關心，甚至在泰清被黑城和白麗以「訓練」之名虐待的時候，也不曾出手。他未必不知道他們是在暗地裡報復泰清，只不過他覺得這沒什麼。寵物被下屬欺負了，又算什麼呢？但是，他們最終出手要將泰清消滅，甚至將他送到了敵人手中，這就無法原諒了！所以這個時候他才會出手將一切危險掐滅，將泰清救出。

如果這種感情是愛情的話，那就再也沒有溫暖的愛情了！

至於到最後，他依舊不肯讓泰清知道真相，也不是考慮到他的心情，而是顧慮到真相會讓泰清原本就不是很穩定的魂魄崩潰，那樣的話，他所做的那些事情就毫無意義了。所以這是權衡利弊的問題，和感情無關。

然後，我們來看看泰清。

看到最後的番外，大家應該都看出來了。泰昊為了完整吞噬舊神的力量，吃掉了泰清的十個兄弟姐妹。所以後來出現的十隻小老鼠已經不是原先的那十個，只是一些塵埃幻化成型而已。但那十隻小老鼠第二次的死亡，卻不是因為他，而是因為泰清。

幽都夜話

泰清對泰昊的感情原本是非常純淨的、對於強者的拜服，對於上位者的尊重，對於保護者的敬愛。

但在泰清知道了泰昊就是吃掉自己兄弟姐妹的（偽）凶手時，他這些感情瞬間崩塌了，他甚至想讓泰昊死。這並不是泰清冷漠，而是他並不記得在泰昊心中最重要的那段時光（泰昊被囚禁的時候）。對泰清而言，陪伴他、愛護他的，是他的兄弟姐妹，不是泰昊。因為泰昊始終都是以保護者的姿態游離於他的生活之外；對他而言，他們之間的感情並不深厚。而為了感情深厚的兄弟姐妹，他想要殺泰昊為他們報仇，是再自然不過的事情了。

但後來為什麼沒痛下殺手呢？即便始終不知道凶手其實是自己，他最後卻也放棄了報仇，而是決定吃掉新神，保護泰昊。這又是為什麼呢？

因為泰昊太狡猾了啊！就在泰清恨意滿腔的時候，他「剛好」露出了自己殘缺的手指。

他是主神啊！泰清都死了活、活了死好幾次了，到了白麗手裡還不是恢復如初。泰昊怎麼可能連區區一根手指都恢復不了？

但是泰清信了啊！

為什麼呢？因為泰昊多年以來都是以保護者的姿態出現。如果有這麼一個人，始終站在你身後，保護你、幫助你，雖然大部分時候是隱形的，但在你真正需要的時候，他從來都不曾缺席，你是什麼感覺？你會覺得，他的恩情你就算粉身碎骨也無法報答。所以你會相信他、尊敬他、愛護他、傾盡所有幫助他，你會對他身上所表現出來的任何痛苦而痛苦，甚至比他還要痛苦。

泰昊對泰清所做的事情，是對寵物的愛護，所以他會在工作之餘，稍稍分出那麼一點點愛給他，卻沒想過他的回報。但是對泰清這隻小寵物而言，這就是全部了——你給了他那麼多愛，他就會用所有的愛回報你，即使連他自己也沒發現，他竟然有這麼多的愛可以給你。

他在面對小泰昊的時候，雖然知道這個是泰昊，但心裡其實並不認同。因為他和小泰昊相處的時候，他只是一隻老鼠，對此時的記憶很淺，所以會那麼冷漠地對待小泰昊。這個時候，他是真的想要讓小泰昊死去的。

但這種仇恨在看到真正的泰昊的時候，尤其在看到泰昊為他而少了一根手指之後，就即刻土崩瓦解。

有人說：「愛和恨，從來就沒有單獨存在過。只不過是某個階段中，愛比恨多了一點，所以看見了愛，模糊了恨；或者恨比愛多了一點，所以看見了恨，模糊了愛」。

泰清的感情就是這樣。在看到小泰昊（不是真正的泰昊）時，他的恨完全占領了他的理智，所以他會顯得那麼恨小泰昊，恨不得小泰昊粉身碎骨，恨不得小泰昊就此死去。可是在看到泰昊（真正的泰昊）時，恨的感情頓時被愛壓住，他不能忍受泰昊為了任何理由傷害自己的身體，即使是為了他自己。

他失去兄弟姐妹們不是一天、兩天，而是六百多年了。在這六百多年中，他是獨自受著泰昊的保護和照顧，而兄弟姐妹們早已灰飛煙滅，消失無蹤。在知道真相的時候，也許他是真的恨，但在那一時的激憤過去之後，這六百多年的顧惜和保護，這僅剩的、唯一可以抓住的溫暖和依靠，又怎麼能忽略不計呢？所以在這個時候，他真正的感情才會顯現出來。

也許你會覺得他的感情好奇怪，忽然愛又忽然恨的，但這就是他在感情上愛恨轉化的過程啊——

不過有句話說得好，當你為了一個人付出太多太多時，你就會覺得，你不能失去這個人了。可事實上你不能失去的並不是這個人，而是你所付出的那些太多太多的東西。

我覺得，泰昊還不至於為了這麼點付出，就逼迫泰清做什麼。他只是該到什麼時候做什麼事而已，至於會讓小寵物產生什麼誤會，他沒有時間關心。

話說回來，其實剛開始的大綱不是這樣的，這本書的原大綱是個愛意滿滿的故事，他們之間的感情沒有這麼糾結，泰昊就是個保護者，而泰清就是在這種保護下解決其他人的麻煩，最後拯救泰昊，HAPPY ENDING。結果卻變成除了泰昊之外，所有的人都對泰清惡意滿滿，而泰清為了保護這唯一的關愛，最終披掛上陣，做了他曾經最厭惡的人（舊神）所做過的最惡劣的事。

所以，如果看到第八章，你確實很心疼那個新出生的主神，而對泰清所做之事深惡痛絕的話，請不要討厭他，因為他沒得選擇，是作者給他安排的命運讓他不得不這麼做。

這一切都是時辰的錯啊！！握拳！！（時辰：關我屁事？）

另外，泰昊，其實原名就是太昊。在正文中主要是主角泰清的視角，他堅定地認為太昊應該是泰昊，所以全部正文中他都是泰昊。只有在番外中，是太昊、天道和他下屬的視角，所以在這個時候是太昊的本名，並不是BUG喔。

至於泰清這個名字，其實看了這三本，有些人大概也能猜出來了。泰清其實是「太清」，就是一氣化三清的那個太清。既然太昊是「太上蒼天」的意思，那麼太清就是「太上自然」的意思（也可以解釋為天空），證明他們兩個確實是一本同源的。只不過我敢給主神取名「太昊」，卻不太敢給主角用「太清」這個名字。我有點害怕太上老君來殺我，所以斟酌之下，最後還是選定了「泰清」。

既然太昊可以變成泰昊，那太清就可以變成泰清，沒什麼不可以的，反正都是泰山下誕生出來的神嘛！你說對吧？

我是蝙蝠，我的郵箱是bflxt@163.com。有什麼感想歡迎寄信給我喔。

蝙蝠

Novel.蝙蝠

高寶書版集團
gobooks.com.tw

輕世代 FW315
幽都夜話‧下卷(完)

作　　者　蝙　蝠
繪　　者　日　々
編　　輯　任芸慧
校　　對　何文君
企　　劃　方慧娟
美術編輯　林鈞儀
排　　版　彭立瑋

發 行 人　朱凱蕾
出　　版　三日月書版股份有限公司
　　　　　Printed in Taiwan
地　　址　臺北市內湖區洲子街88號3樓
網　　址　www.gobooks.com.tw
電　　話　(02) 27992788
電　　郵　readers@gobooks.com.tw（讀者服務部）
傳　　真　出版部　(02) 27990909　行銷部 (02) 27993088
郵政劃撥　50404557
戶　　名　三日月書版股份有限公司
發　　行　英屬維京群島商高寶國際有限公司台灣分公司
　　　　　Global Group Holdings, Ltd.
初版日期　2019年8月
四刷日期　2022年3月

國家圖書館出版品預行編目(CIP)資料

幽都夜話 / 蝙蝠著.-- 初版. -- 臺北市：三日月書版股份有限公司出版：英屬維京群島高寶國際有限公司臺灣分公司發行, 2019.08-
面；　公分. --

ISBN 978-986-361-713-6(下冊：平裝)

857.7　　108006330

三日月書版

三日月書版

GOBOOKS & SITAK GROUP ©